Les contes défaits

Oscar
Lalo

Les contes défaits

ROMAN

Belfond

Belfond | un département **place des éditeurs**

place
des
éditeurs

À Bérengère

Première partie

Le train

1

Le train paraissait infiniment grand. C'est nous qui étions infiniment petits. On nous bousculait, on nous pressait vers lui en nous obligeant à marcher trop vite le bras tendu vers l'avant, vers le haut quand on était petit, les doigts noyés dans cette main qui nous traînait vers la séparation. Car les trains séparent, déportent et brisent. Circonstance aggravante quand ce sont les parents qui y conduisent. On a beau hurler de rester blottis au creux de leur paume, ce sont eux qui nous repoussent. Cette même main qui nous tirait fermement nous évite maintenant. Comme si notre destin se réduisait à cette alternative : tiré ou abandonné. Pourtant, nous continuons à tendre notre main libre vers nos parents avec l'espoir de raccrocher les wagons pour éviter à tout prix de monter dans ceux vers lesquels on nous dirige. Nous sommes écartelés par la seule et unique main qui nous empoigne.

2

Il y avait cette main. Difficile de mettre un visage sur cette énorme main qui nous cache le sien. Cette paume, cette poigne. Oui ; une poigne. Elle nous empoignait le poignet. Elle nous arrachait à notre mère. On comprenait que cette main-là n'allait pas nous lâcher. Des menottes qui engloutissaient la nôtre.

C'est cela que nos pleurs exprimaient : le désespoir d'être à sa main. Mais nos mères lui souriaient indifférentes sur le quai. Cauchemar terrible où l'on ouvre grand la bouche sans parvenir à sortir un son.

Et puis ce moment froid où notre mère lui remettait la carte d'identité et l'autorisation de sortie du territoire maternel. Nous ne nous appartenions plus non plus. Comme ces employés de maison à qui on confisque le passeport. Et malgré nos regards qui expliquaient sa main, elle ne se méfiait pas d'un père. Elle nous confiait à lui. Direction le home d'enfants. Où son épouse jouerait à la protectrice. Comme nous, à son protecteur. Nous l'avons protégé de notre silence.

3

Les trains de l'époque n'étaient pas à grande vitesse. Ce qui avait deux conséquences : un voyage interminable et des compartiments qui nous isolaient. Tout était réglé entre l'homme et le contrôleur avant le départ. Nous étions un groupe, pas des passagers ordinaires. Ce qui a pérennisé le système : le berger, c'était le loup. Il nous écartait des autres pour ne pas être dérangé. Et plus il prenait la pose du berger, plus il devenait loup.

Dans les compartiments, il nous installait par tranches d'âge. Il déléguait la surveillance aux moniteurs. Un pour deux compartiments. Ainsi l'homme pouvait répondre « J'y suis » quand l'un de ses moniteurs passait d'un compartiment à l'autre. Les filles avaient des monitrices car les compartiments étaient organisés par tranches d'âge et de sexe. Comme les chambres du home d'enfants. Légion étrangère cent pour cent mâle. Contact froid, rude ou trop tendre.

On s'asseyait sur le siège qu'on nous destinait. Même dans le sens inverse de la marche. Même si son frère était séparé de soi par un inconnu, conformément au dérèglement intérieur. Une fois, mon frère prit une claque pour avoir tenté de s'asseoir à côté de moi. Il n'a pas pleuré pour me faire comprendre qu'il était plus fort que cette gifle.

4

Dès que le train s'ébranlait, le câble maternel se cassait. Deux ou trois très longues semaines. Un mois et demi l'été. Une vie. Deux parfois.

On croyait que notre mère savait tout et ne tarderait pas à apparaître, elle qui nous disait si souvent : « Une maman ça voit tout. » Non. Et l'homme le savait. Il lui suffisait de faire bonne figure à la gare. Son innocence naturelle séduisait. Les Thénardiers ne ressemblent jamais aux Thénardiers. L'araignée commence par tisser sa toile.

L'homme était guitariste et il jouait de cette corde pour les mères. Il avait toujours sa guitare à la gare qu'il posait l'air de rien sur le quai. Il avait un gros étui, une espèce de housse multifonction dans laquelle il allait piocher tel formulaire ou placer certains documents qu'on lui remettait. Sa chorégraphie tournait autour de la guitare pour rassurer les parents avant le départ.

Il savait s'accorder avec nous et finirait par nous faire chanter. En silence. Un tube obsédant qui colle à la glotte. Sa guitare sa première arme. L'arme d'un joueur de flûte.

5

Parfois il fermait les rideaux. Nous n'avions pas sommeil. Puis il nous demandait de fermer les yeux sous peine d'être changés de compartiment. Que pouvait-il donc se passer dans les autres compartiments pour que le fait d'y être déplacé devînt une punition ? Ne le sachant pas, nous fermions les yeux. Les moniteurs aussi. Ils n'ont jamais rien dit. S'ils avaient pu fermer leurs oreilles, ils l'auraient fait. Car quand l'homme pénétrait, le moniteur ne dormait pas mais lui assurait que nous dormions tous. Ils échangeaient quelques mots. Nous écoutions en fermant nos yeux encore plus fort. Parfois, la main de l'homme s'appropriait l'un d'entre nous en lui caressant les cheveux, l'épaule ou la jambe. Sensation d'isolement quand cela se produisait. Nous nous demandions où était son autre main. Nous nous demandions où était celle de notre mère.

6

Les toilettes étaient effrayantes. L'odeur terrible. La saleté repoussante. Mais ce qui nous dissuadait le plus d'y aller c'était le bruit. Et quand on était petit, c'était le trou. On y voyait les rails. Le froid dans les fesses. L'impression que quelqu'un pouvait nous voir. Le papier manquait toujours et l'on ne s'en apercevait qu'au moment où on en avait besoin. Ou alors il était tellement rêche qu'on évitait de l'utiliser. L'homme nous attendait parfois, la porte entrouverte. Loup et berger.

Le train bougeait de façon tellement imprévisible que nous nous faisions régulièrement pipi sur les pieds ou sur le pantalon. On sortait en courant pour qu'il n'en sût rien. Croyant que nous parviendrions à éviter les toilettes du train, on se retenait le plus longtemps possible, pour finir par arriver la culotte déjà mouillée. On faisait alors semblant de faire pipi. Il nous arrivait même de jeter notre culotte dans le trou quand elle était vraiment trop souillée. On dirait le soir que maman avait oublié de nous en mettre une.

On pensait aux filles qui étaient obligées de s'asseoir sur cette lunette ignoble. Grâce aux filles, on se disait qu'il y avait toujours pire comme condition.

Ce sont nos parents qui nous conduisaient au train. À qui se plaindre quand c'est la police qui vous livre ?

7

Le moment du goûter ressuscitait notre mère. Sauf quand il nous arrivait d'être « punis de goûter ». Punition arbitraire qui pouvait tomber quand on avait eu le mauvais goût de crier « OUAIS !!! » avant que l'homme ait fini son annonce. On avait le droit d'être heureux mais seulement à condition de ne pas l'exprimer. Et être privé de goûter, c'était être doublement privé de sa mère. Voire triplement, car à l'arrivée notre goûter serait jeté.

Ceux qui avaient la chance d'avoir leur mère dans le ventre ne compatissaient pas moins car ils savaient, eux, tout ce que contenaient les sandwiches pour le train. L'aluminium d'abord, sur lequel on pouvait, en posant délicatement les doigts, retrouver des empreintes connues. Le pain tout mou et sans croûte, le dernier de la sorte, car, au home, la croûte du pain serait tellement épaisse qu'on éviterait d'en demander. Et puis, la carte d'identité qui se trouvait entre les deux tranches : on savait d'un regard le genre de mère que chacun avait. L'angoissée qui le remplissait de façon excessive ; l'intellectuelle qui oubliait le beurre, sandwich trop sec ; la permissive qui laissait ses enfants faire leurs propres sandwiches ; la mère de substitution qui, suivant qu'elle était femme de ménage ou nanny, fournissait un sandwich tunisien délicieux ou un french toast très british, et enfin la paresseuse ou la tête en l'air, qui les achetait à la gare, laissant à ses enfants un sandwich qui ne voulait rien dire.

On aurait aimé tous les goûter, juste pour savoir qui était la mère des autres, mais pas forcément partager le nôtre, car une mère, ça ne se partage pas. La nôtre nous en donnait étrangement toujours trois alors que nous étions deux. « Deux c'est pas assez mais quatre c'est trop », avait-elle coutume de nous répondre. Elle ignorait la position inconfortable dans laquelle elle nous mettait vis-à-vis de l'homme ou de ses moniteurs et même l'un vis-à-vis de l'autre. Après avoir mangé le sien, mon frère disait généreusement qu'il n'avait plus faim, afin que je bénéficie du troisième. Mais si je ne le mangeais pas, il se jetait dessus.

8

Avoir un frère était un luxe envié. Avoir une sœur l'était moins car les garçons et les filles étaient séparés. Et ce dès l'arrivée dans le wagon. Et puis une sœur, ça ne protège pas aussi efficacement qu'un frère. Ça joue entre filles. Dans un autre wagon. Ailleurs. Sur une tout autre planète. D'autant plus que l'homme n'aimait que les garçons.

Étrange, la façon dont il touchait les filles. Comme s'il s'était subitement éteint. Comme s'il ne les touchait pas. D'ailleurs, elles-mêmes semblaient ne rien sentir du tout. Elles s'en échappaient avec une facilité déconcertante. Alors qu'il suffisait qu'il effleure l'un de nous pour que nous soyons tétanisés. Changés en statues de sel. Immobiles et pétrifiés, nous attendions que ça passe. Comme si le fait de bouger l'eût révélé.

Le fait est que nous avions peur. Intensément peur. Cette intensité répondait à la sienne. Et il en jouait, redessinant à dessein les frontières d'un pays supposé inviolable qui s'appelle l'enfance. Avec deux conséquences diamétralement opposées : certains devenaient instantanément adultes, les autres restaient indéfiniment enfants.

Dans les deux cas, on se sentait marqué du sceau. Dans les deux cas, on n'y comprenait rien.

9

Le train s'arrêtait souvent. Il reliait tellement de points entre eux qu'il nous racontait la vie des enfants normaux qui voyageaient en famille. Avec un parent au moins. Nous étions les seuls à être en groupe. C'est-à-dire seuls. Et à chaque fois qu'on entendait « Maman ! », tout le monde se taisait dans le compartiment, comme s'il restait une chance, si infime fût-elle, que l'un d'entre nous fût concerné.

On regardait, collés à la fenêtre, la même scène se répéter encore et encore. Toujours la même scène. Des familles qui se retrouvent. Des cadeaux plein les sacs… plein la bouche… plein les bras. Et ça saute et ça crie et ça rit et ça sourit et ça promet sûrement plein de choses qui sont cent fois plus belles dès lors qu'on ne les entend pas. Et l'on n'entendait rien à cause du train qui faisait un énorme bruit de naseaux. Et l'on n'entendait rien car l'homme avait menacé de changer de compartiment celui qui ouvrirait la fenêtre. Et l'on n'entendait rien car notre wagon nous était réservé. Le grand wagon du home d'enfants. Wagon isolé au milieu des wagons. Eux allaient et venaient. Nous ne faisions qu'aller. Immobiles et hors d'atteinte.

Parfois, à défaut de parents, c'étaient des grands-parents qui attendaient sur le quai. Alors nous prenions acte de l'importance des grands-parents. Moins bruyants mais plus fiables. Certains d'entre nous rêvaient que telle ou telle grand-mère montât par mégarde dans notre wagon car on savait qu'elle aurait immédiatement tout vu et tout compris. On était convaincus qu'avec le temps, les mères-grand avaient appris à démasquer les loups. Mais quand le sifflet hurlait, elles étaient toujours à quai.

10

Au fil des ans, les mêmes têtes se retrouvaient dans le compartiment. Car nous faisions partie de ces piliers qui passaient l'intégralité de leurs vacances au home d'enfants : Noël, février, Pâques et tout l'été. Et puis les ponts aussi. De très grands ponts. Qui débordaient toujours.

Il y avait les autres, ceux qui ne venaient qu'une fois. Nous les admirions et les méprisions. Nous admirions leur pouvoir encore vierge de dire non à leurs parents dès la seconde fois mais nous méprisions le fait qu'ils renonçassent à cette épreuve collective. Un nouveau était toujours suspect. Nous ne faisions d'ailleurs rien pour l'accueillir en notre sein. Au contraire. Mais notre ostracisme visait avant tout à le protéger.

Petit à petit, ou dans notre cas petit à grand, quand on a finalement renoncé à tout, c'est comme ça que l'on devient kapo.

Pour abuser le nouveau, il suffisait de se taire. C'est-à-dire ne pas dire. Rien de plus. Ce qui ne changeait pas grand-chose. Sauf qu'il s'agissait là d'un silence moins tremblotant, plus implacable. On passait ainsi du silence de victime au silence de collabo. Le premier est excusable ; le second non. Le premier c'est une trappe ; le second c'est son verrou. Le premier abîme les tympans ; le second brise la conscience. Les deux font des dégâts irréparables.

Notre silence par omission nous valait la reconnaissance de l'homme, qui nous laissait alors une plus grande latitude dans la gestion du compartiment. Du coup, c'est nous qui fermions les rideaux et qui gérions les flux. Quand un nouveau y débarquait, notre regard muet décuplait son angoisse. Il s'asseyait tout au bord du siège et le plus près possible de la porte, dans l'espoir d'écourter son passage chez nous. Il évitait nos yeux. L'homme se collait à la vitre : « Vous me le surveillez ! » Nous hochions tous la tête. Nous étions tous complices. De tout ce qui allait nous arriver.

11

Le home d'enfants était loin de tout. Comme notre wagon. Un état dans l'état. Un non-lieu hors les lois du monde. Fort de notre autorisation de sortie de territoire, l'homme nous maintenait désormais dans des territoires dont il maîtrisait les contours. Personne ne s'y promenait, personne n'y frappait, personne n'y demandait son chemin. Cette absence d'inconnus en déshérence auxquels se raccrocher, ne fût-ce que d'un regard, créait les conditions idéales du nouvel ordre.

Il n'y existait aucun équilibre des pouvoirs, ni parlementaire, ni judiciaire, mais uniquement un exécutif bicéphale dont tout dépendait. L'homme en était la partie discrétionnaire. Sa femme l'iceberg qui allait tous nous couler. Elle édictait des lois qui n'avaient pas d'existence officielle. À chaque punition, nous étoffions notre connaissance du droit coutumier local.

Quand, à table, elle nous demandait « Chou-fleur ou brocoli ? », la loi en vigueur nous intimait de répondre en moins de cinq secondes, sans quoi elle passait abruptement au prénom suivant avec la même question : « Chou-fleur ou brocoli ? » Conséquence : il fallait alors non seulement attendre que tous les enfants eussent été servis mais également subir la question discriminante « J'imagine que maintenant tu as fait ton choix ! Alors : chou-fleur ou brocoli ? » qui déclenchait immanquablement de petits rires soumis, couards, obéissants ; au home d'enfants, on ne riait pas parce que c'était drôle.

La fois d'après, et quand bien même la question serait plus facile comme « pâtes ou riz ? », on s'empressait, fort de notre savoir législatif de la veille, de répondre instantanément « riz » même si l'on préférerait manger des pâtes, dans l'idée d'éviter toute stigmatisation pour méconnaissance de la loi en vigueur. Il en résultait une attention de tous les instants, qui visait tant à s'approprier le maximum de lois en un minimum de temps qu'à ne pas être surpris par une question démocratique : le suffrage « pâtes-ou-riz ». À quoi bon la démocratie quand on a constamment peur d'être pris en flagrant délit ? Quoi qu'il arrive, les pâtes ou le riz ont le même goût. Aucun.

12

Le train préfigurait donc le home d'enfants, en ce qu'il nous isolait des autres et des lois auxquelles ils devaient se soumettre. Une d'elles, qui s'appliquait dès le train et qui marquait les plus jeunes d'entre nous, était l'interdiction de sortir une peluche de notre sac avant l'arrivée. Si l'on avait l'audace de demander pourquoi, la réponse variait selon l'humeur de l'homme : « Parce que je l'ai dit ! » était la réponse la plus courante qui se contractait en un « Parce que ! » menaçant ou alors se gonflait en un suave – car elle supposait d'être assis sur ses genoux pour l'écouter : « Et si tu l'oublies en descendant du train, qu'est-ce qu'elle va devenir ta peluche toute seule ? » Une peluche neuve ne valait rien, et nous en offrir une, c'était glisser un inconnu dans notre lit.

Cette règle souffrait cependant quelques exceptions, dès lors, par exemple, qu'il s'agissait du doudou. Les moniteurs et l'homme lui-même devenaient plus laxistes, quand bien même ce doudou remplissait en apparence la fonction d'être peluche : un lien familier entre la main et la bouche. Le statut juridique incertain de ces morceaux de tissu blancs, généralement sales, jouait en faveur de l'enfant. Mais si l'on avait le malheur de souligner cette incohérence législative, on était immédiatement changé de compartiment, en vertu de la règle sacro-sainte : ne jamais s'exprimer ouvertement. Dire ce que l'on pensait constituait une des infractions les plus graves. En revanche, dire ce que pensait la directrice était extrêmement bienvenu et pas totalement impossible à réaliser au fil des années passées au home d'enfants ; l'idéal était de le dire sous forme de question. Dire ce que l'homme pensait était impossible car c'était impensable.

13

Et puis il y avait les hors-la-loi. Les exploits individuels. Rares et mémorables. Comme cette petite fille de quatre ans qui a traversé le sas de notre wagon, profitant du vacarme que faisaient tous les petits qui pleuraient en chœur depuis la plateforme du train – brouhaha amplifié de la voix de l'homme assurant que c'était normal, que c'était toujours comme ça la première fois, et de celles des mères qui allaient dans son sens en s'excusant de lui confier des enfants gâtés –, et puis est ressortie sur le quai un wagon plus loin.

Mon frère et moi l'avions immédiatement repérée. Ce que nous avons mis plus de quarante ans à digérer, elle l'avait compris avant même de l'avoir vécu. Nous la regardions, fascinés. Elle avait opéré un retrait stratégique jusqu'à l'ébranlement du train. Puis on la vit rejoindre ses parents qui agitaient leurs bras dans de grands au revoir.

En un instant, cette petite fille avait choisi le bon destin. Ce fut une grande leçon. Elle nous en apprit une seconde : qu'à ne pas le choisir, on accepte qu'un autre choisisse l'autre. Ce qui fut notre cas pendant des années. Car nous l'avons pris, ce train ! Avec la peur abyssale du sas séparant les wagons et qui empêche encore certains d'entre nous de se rendre à la voiture-bar. Mois après mois, saison après saison, docilement nous nous sommes assis dans ce wagon. D'abord en tant qu'enfants, puis moniteurs. Nous devenions le système.

14

L'arrivée du train, c'était la passation de pouvoirs entre l'homme et son épouse, la vraie directrice du home.

L'homme vivait des zones de non-droit, mais, plus que la loi des hommes, c'était celle de sa femme qu'il redoutait. Cette crainte constante de ne pas satisfaire à ses exigences nous rapprochait de lui. Ainsi faisions-nous de notre mieux, plus de trois quarts d'heure avant l'arrivée du train en gare, pour laisser à l'intérieur nos mues d'enfants du train et sortir enfants du home. Cela passait par le fait d'extraire les peluches des sacs.

Une demi-heure environ avant d'arriver, nous mettions nos manteaux, au risque d'étouffer en hiver dans des compartiments surchauffés, et, le choc du froid aidant, de tomber malade au premier pas sur le quai.

Un quart d'heure avant l'arrivée, c'étaient nos gants et bonnets qu'on enfilait pour promptement nous regrouper à la porte du train. Gare aux aiguillages ! Garder l'équilibre ! Le nombre maintenait debout notre masse compacte, banc d'alevins au tangage assez drôle. Les seuls qui ne riaient pas, c'étaient les quelques malchanceux qui se trouvaient contre les portes et se faisaient labourer le dos par la poignée sans se plaindre. Il était très mal vu de se plaindre. Et cela dans les deux juridictions : celle de l'homme et celle du home.

Deuxième partie

Le home

15

Le home d'enfants aurait dû s'appeler le paquebot. Ou le *Titanic*. Un *Titanic* insubmersible qui coulait ses occupants.

Nous pénétrions tous en banc dans le vestiaire, le seul espace mixte avec la salle à manger. Comme il n'y avait qu'un banc, nous étions extrêmement serrés, ce qui rendait impraticable l'obligation d'abandonner chaussures et manteaux. Il fallait faire vite car, au home, l'urgence régnait sans que nous arrivions à comprendre. Ce que l'on nous faisait clairement comprendre, en revanche, c'est qu'il ne fallait pas traîner. Traîner allait contre les activités du groupe. Dilués dans le banc, nous tâchions de nous exécuter au plus vite.

16

Nous étions ensuite parqués dans une grande pièce polyvalente où, à l'appel de notre prénom, suivi d'un numéro s'il y avait deux enfants du même prénom, on devait donner la main à un moniteur qui nous amenait dans notre chambre pour défaire notre valise.

Se faire appeler Jean 2 ou Paul 1 pendant toutes les vacances faisait naître le sentiment étrange de jouer quelqu'un d'autre. Donc de ne plus être soi-même, donc d'accepter l'inacceptable. Tout était pensé. Ce qui nous arrivait n'arrivait qu'à ce numéro 1 ou 2, variation de nous-mêmes qui expérimentait ce que nous aurions peut-être refusé.

Avait-on plus de fierté à s'appeler Jean 1 ou Jean 2 ? Difficile à dire. Nous aurions préféré être appelés Jean tout court, quitte à en voir plusieurs se présenter à l'appel de son nom, et nous, noyés dans le banc. Ou alors pourquoi pas Jean 1 et demi, à mi-chemin entre Jean 1, par trop exposé, et Jean 2, pâle copie du 1.

Cette numérotation, fruit du déchargement aléatoire de nos valises dans la pièce polyvalente, répondait à l'exigence d'ordre et d'efficacité qui caractérisait la directrice en toutes choses. Sa façon de secouer la tête pour nous reprocher d'être deux à avoir le même prénom nous faisait finalement accueillir comme un soulagement cet appendice chiffré. Car le home fonctionnait ainsi : ses règles aberrantes créaient le problème et sa solution – balancier générateur de notre tension. Si, Jean 2, on avait le malheur de se présenter à l'appel de Jean 1, la raillerie fusait immédiate : « Tu sais même pas compter jusqu'à deux ? » On comprenait alors que le numéro primait.

17

Quel que fût notre âge, il fallait être là au moment où l'on ouvrait notre valise, comme si notre présence les dédouanait juridiquement de toute omission maternelle ou de toute perte occasionnée pendant le voyage. Même si l'on ne savait pas lire, on restait docilement assis par terre devant cette valise d'où s'échappaient les derniers effluves de l'appartement familial. Et l'on voyait défiler ses effets par ordre alphabétique, celui du trousseau. Sauf quand nos vêtements ne respectaient pas cet ordre : la directrice, seule habilitée à vérifier chaque contenu, aggravait notre malaise en pestant contre nos mères. Elle instillait ainsi en nous, dès le premier jour, ce sentiment de faute permanente.

La tension montait d'un cran quand, à son tour, elle ne parvenait pas à cocher (notre mère était censée avoir coché la première colonne de droite) toutes les cases de la deuxième colonne du trousseau. Devant la valise aussi vide que notre regard, elle envoyait le moniteur, qui s'était contenté de sauter de la valise à la commode pour chacune de nos affaires, chercher son mari. Tête basse, il arrivait immédiatement, avec une attitude qui tranchait avec sa superbe affichée pendant le voyage en train. C'était un autre homme, un autre petit garçon qui se mettait lui aussi à genoux devant la valise vide, feignant d'ignorer pourquoi on l'avait appelé.

Toujours la même question : la valise avait-elle été ouverte pendant le trajet ou sur le quai de la gare ? Toujours la même réponse : non, pas qu'il s'en souvînt. Elle lui demandait alors, comble de l'humiliation devant le moniteur et l'enfant, s'il ne pouvait pas faire un petit effort de mémoire tout de même, qui ferait gagner du temps à tout le monde. Il bredouillait alors une réponse d'autant plus inaudible qu'elle n'y prêtait plus attention, occupée maintenant à presser le moniteur d'aller chercher Pierre 1 ou Paul 2 tout en pointant négligemment la valise vide à son mari « Tiens… pendant que t'es là… ». Il s'exécutait en continuant à grommeler son innocence et disparaissait ranger la valise au grenier.

Le drame éclatait au premier vêtement non identifié par son numéro d'attribution. Crime inexcusable : notre mère avait dûment reçu lesdits numéros qu'il ne restait plus qu'à coudre ! Quarantaine immédiate en salle polyvalente pour la valise, où une monitrice coudrait un nouveau jeu d'étiquettes numérotées, devant l'enfant consterné, inutile. Qu'on se le dise : châtiment public pour toute infraction.

18

Aussi surprenant que cela paraisse, compte tenu de ses règles strictes, il ne s'agissait pourtant pas là d'un centre de redressement pour enfants ou adolescents. Non, ça se vendait comme un havre chic pour familles aisées, d'où l'appellation de « home d'enfants ».

Autre argument qui jouait contre nous : c'était cher, donc ça soulageait la conscience de nos parents qui se débarrassaient d'autant plus aisément de nous. Le prix élevé, loin d'aiguiser leur vigilance, les rendait aveugles. « C'est cher donc c'est bien », entendait-on répéter quand ils incitaient leurs amis à y envoyer aussi leurs enfants. Le home nous apprit très tôt que si l'argent ne fait pas le bonheur, il étouffe le malheur. Au poker, on paie pour voir ; au home, nos parents payaient pour ne pas voir. Ils n'étaient d'ailleurs pas plus disposés à entendre. Quand nous osions évoquer la possibilité de partir en famille, ils répondaient systématiquement qu'on ne pouvait pas trouver mieux que le home. N'y ayant jamais mis les pieds, ils devaient vouloir dire : on ne peut pas trouver mieux pour les parents.

Preuve irréfutable : notre mine superbe au retour. Déréglés à l'intérieur mais à l'extérieur irréprochable. On eût voulu se plaindre qu'on ne nous eût pas crus. Comme ces maisons dont on augmente le prix après en avoir repeint la façade, on nous ramenait chez nous bronzés, peluche en main, et surtout, surtout, la valise pleine de notre linge propre, rangé par ordre alphabétique et impeccablement repassé, confirmation sans appel : « Tu comprends, y a rien à faire. » C'était vraiment ça la force de ce lieu : nos parents n'avaient rien à faire. Ils étaient comblés. Quant à nous, dès lors que nos parents n'avaient rien à faire, nous n'avions rien à dire.

19

La directrice était redoutable. Et nous la redoutions pour des raisons strictement contraires à celles qui nous faisaient redouter son mari : elle était incapable du moindre geste affectueux envers les enfants. Elle prenait tout le monde en faute. Y compris son mari. Sauf pour une chose. Un silence entre eux. Un arrangement. Un pacte.

Elle dirigeait sans lui le home d'enfants, mais elle avait tout de même besoin ne serait-ce que de sa vague présence pour simuler ce semblant de famille et justifier ainsi le côté « homy » du home.

La vie n'en était que plus rêche, plus froide, à mille lieues du prospectus et de son verbiage, où se lisait un petit déjeuner en famille : les enfants tenaient leur jus d'orange en reprenant un croissant, attablés par six autour des pots de confiture. Dans la réalité, les guéridons se muaient en un train de tréteaux accolés et masqués sous une épaisse toile cirée. On pouvait aller jusqu'à trente-cinq enfants par banc et il est sûr qu'on n'y a jamais vu de jus d'orange et de croissants que sur la photo.

Pour ne pas faire mentir le prospectus, aux quelques rares visites de parents venus en voiture déposer ou chercher leurs enfants, le « couple » se métamorphosait. Par déférence, elle devenait tout miel pour son conjoint, et pour achever de convaincre les plus méfiants, elle invitait ses propres enfants à venir prendre le thé avec ces prospects qui tombaient irrémédiablement dans le piège.

Pendant le temps de la visite, c'était l'impunité totale. Qui courait dans les couloirs, chose interdite en temps normal, recevait de la directrice une petite bise au passage, elle qui jamais n'en donnait. Parfois même, on nous présentait aux parents en visite. Devant ces proies futures, elle suggérait à ses propres enfants de jouer, pour une fois, avec nous. Et eux d'obéir. Et le jeu s'arrêtait à la seconde même où la visite quittait le home. En fait, on jouait avec nous.

20

La directrice était partout, voyait tout. Levée avant tout le monde, couchée après tout le monde, rien ne lui échappait. Sauf les bavures affectueuses de l'homme pendant lesquelles son absence était systématique. On ne saura jamais ce qu'il en était exactement. Une ombre rôdait sur lui.

Ce petit gabarit de femme en imposait beaucoup plus que son échalas de conjoint. Sa dureté, même avec les plus petits, la faisait tellement craindre que nous en venions à trouver du réconfort auprès de son mari. Et lui jouait de cette crainte, qu'il comprenait d'autant pour l'éprouver lui-même.

La poigne de cette femme était inversement proportionnelle à celle de son mari. Quand elle vous saisissait, elle vous emportait vers une destination quelconque pourvu qu'on traversât tout le home. Comme ces magasins où les escalators ne s'enchaînent jamais, pour imposer au client le plus grand nombre d'articles avant la caisse. Ici, c'était nous l'article et il fallait que les autres nous vissent. Cette parade exemplaire renforçait son autorité déjà immense. Quand elle en punissait un, c'était pour l'exemple.

Si l'on avait fait pipi au lit, elle nous tractait encore plus vite, comme s'il y avait urgence alors que l'urgence était derrière, non pas vers la salle de bains de l'étage mais la plus éloignée de notre chambre. Et on déambulait ainsi, le pyjama ostensiblement trempé, tiré vers l'avant comme pour monter dans le train, sous les regards d'abord surpris, puis habitués, puis lassés, des autres enfants.

En son absence, l'homme nous menait discrètement vers la salle de bains la plus proche. Difficile de savoir si c'est la douche froide de la directrice ou la douche chaude de l'homme qui nous a le plus marqués. Peut-être leurs regards. Méprisant pour l'une et inquisiteur pour l'autre. Une chose est sûre : au home, il ne faisait pas bon faire pipi au lit.

21

Comme mon frère et moi, leurs enfants avaient moins de deux années d'écart. Ils avaient la chance apparente d'être en permanence avec leurs parents dont le métier – s'occuper des enfants des autres – faisait qu'ils n'étaient jamais avec eux. Ils n'y avaient pas accès. Ils passaient toutes leurs vacances ensemble mais ne partaient pas en vacances. Ou si peu. C'étaient des enfants hors saison. Décalés. Ils avaient tous les droits à condition de ne pas gêner le bon déroulement des activités, c'est-à-dire de s'adresser le moins possible à leurs parents. Eux aussi avaient appris à ne pas poser de questions.

Ils ne recevaient d'affection ni de la part de leur mère qui dirigeait de fait le home, ni de celle de leur père qui ne devenait affectueux à leur endroit que lorsque des parents surgissaient du dehors. C'est alors seulement qu'il quittait la tenue de l'homme et enfilait promptement celle de père, à notre grande surprise mais peut-être plus encore à celle de ses deux enfants, soudain récipiendaires de ses caresses sur les cheveux et autres mains sur le cou, notre peine quotidienne. Comme nous, ils se prêtaient au jeu, à la grande différence près qu'ils le savaient éphémère et surtout, surtout, sans danger.

22

Les chiens font peur aux enfants. À deux ans et demi, cette masse noire et compacte que tout le monde appelait Dolly m'effrayait. Elle m'avait renversé à plusieurs reprises en déboulant sans ajuster sa trajectoire, comme si je n'existais pas. La directrice interdisait aux monitrices de me relever ou de me plaindre car « je n'étais pas tombé de bien haut ». Elle ajoutait aussi que Dolly ne ferait pas de mal à une mouche. Je n'étais pas une mouche.

Dolly est un prénom charmant. « Dolly » ne pouvait être qu'un chien charmant. Donner un prénom féminin à un mâle ajoutait à la confusion des genres, marque de fabrique de cette entreprise. Car Dolly était tout sauf un chien charmant. Il avait cette façon très home de pincer les enfants, et notamment les petits. Comme avec sa maîtresse (et l'homme), on ne savait jamais quand on se ferait pincer.

Dans ce lieu imprévisible, un aboiement de la directrice, une morsure de Dolly ou une caresse de l'homme nous prenaient en flagrant délit d'inattention. Nous étions sous pression. Rêver sur une chaise, dans un livre, sur un puzzle, ou marcher sans but précis, c'était risquer le surgissement du loup, du chien ou de leur maîtresse. On n'y comprenait rien.

Le chien faisait partie du système dès l'arrivée du train. Il était même déjà présent sur le prospectus, mascotte du home, peluche vivante que nous ne pourrions qu'aimer. Il restait surtout là, impeccablement couché aux pieds de la directrice pendant tout l'entretien, dressé lui aussi à séduire les parents les plus méfiants. L'un d'entre eux dit même un jour en quittant le home : « L'éducation de votre animal en dit plus long que n'importe quel prospectus » Ce qui était diablement vrai. À peine les parents partis, Dolly redevenait la chose effrayante qui bouchait le couloir de tout son long et montrait ses crocs à qui tentait de l'enjamber.

23

L'homme et la directrice étaient les roues d'un même carrosse. Celui qui nous emportait loin de notre mère quel que soit notre âge. Pire : qui nous détachait de nous-mêmes. Car loin de notre mère, c'eût pu être notre chance de gagner autonomie, indépendance et force. Mais cette famille intérimaire nous bousculait tellement que toute notre énergie passait à rétablir notre équilibre.

Leurs gestes, par exemple. La directrice nous frappait et l'homme nous caressait. Estomaqués, nous acceptions les deux sans broncher. D'où l'urgence de faire. On embête moins les employés qui font semblant de travailler. Ne rien faire au home, c'était se condamner à être proie. Et être proie revenait à tendre la joue. Pour une claque ou une caresse. La seconde laissait plus de traces.

24

Les souvenirs de la petite enfance sont durs à articuler : ils oscillent entre blanc et noir. Ce manichéisme de la mémoire est épuisant. Outre qu'il sème toujours le doute au moment où la pellicule révèle enfin l'image, il induit la tentation d'exposer son négatif à la lumière. On ne ressent plus que le besoin de s'en débarrasser. Radical. D'où un maximum de dégâts. Pour soi. Les autres ? Ils vous évitent et s'en remettent.

Ce besoin de ne mettre un point que s'il est final n'en finit pas de saper toute tentative de fondation. On ne veut rien tant que construire, mais le ver, qui nous a pénétrés avant que nous ne soyons en âge de comprendre, nous ronge et nous intime de le suivre. Comme l'homme. Cet individu sans visage au souffle pourtant reconnaissable entre mille, ce fantôme qui, comme au cinéma, se promène en drap blanc, la nuit, dans les couloirs du home. Pour mieux se camoufler sur nos lits. Cet ami qui nous martèle que si nous disons quoi que ce soit à quiconque, il ne sera plus notre ami.

Sa menace enclenche ce *mécanichéisme*. Dire un seul mot, ce serait tout dire, donc perdre un ami. Alors pour le garder, cet ami, nous ne bronchions pas et devenions notre pire ennemi.

25

La première agression avait lieu au réveil mais elle n'était le fait ni de la directrice ni de l'homme. Celle qui s'en chargeait se promenait en blouse blanche. C'était une ancienne infirmière qui ne l'avait peut-être jamais été, mais cette présence du corps médical était claironnée dès le prospectus pour rassurer les parents. Une vieille fille dont on ne connaissait de lien familial avec personne. Ni enfants, ni parents, ni cousins. Elle habitait au home, dans sa chambre qui n'en était pas une, annexe froide où elle fumait du matin au soir.

Armée de thermomètres qu'elle plantait en nous dans les secondes qui suivaient son irruption, l'infirmière allumait brutalement la lumière au son d'une petite phrase dont elle était la seule à rire quand l'un d'entre nous ne baissait pas immédiatement son pyjama : « T'as peur de montrer ton robinet ? »

Ce contact froid et sec, cette pénétration du réveil, cette petite sodomie quotidienne nous blessait autant qu'elle nous déroutait : nous n'étions pas malades. Il nous fallait rester de longues minutes immobiles sur le ventre, fesses à l'air offertes aux regards du home, jusqu'à la fin de sa tournée.

Ce premier acte de la journée, c'était tout l'esprit du lieu : repérer les fautifs. Si l'on avait eu la mauvaise idée de tomber malade, loin d'être réconfortés, on était suspect d'avoir contrevenu à un point du règlement intérieur. Être sorti pas assez couvert. Être sorti trop couvert. Avoir marché pieds nus. Être resté trop longtemps sous la douche. Être sorti de son lit pendant la nuit. Avoir trop joué au point d'être en nage.

Un enfant en nage était un camouflet aux lois du lieu car il convenait au home de n'être enfant qu'avec retenue : ne pas parler trop fort, ne pas parler du tout, bien sûr ne pas crier, ne pas rire plus que de raison, ne pas courir, ne pas sauter, ne pas se cacher. Ne pas se lâcher. Se tenir. Être le premier. À table. Au vestiaire. Au lit.

26

Une fois ses thermomètres récupérés et les coupables identifiés (on l'était dès 37,4 °C), l'infirmière ouvrait grand la fenêtre dans le but d'accélérer la phase d'habillage. Officiellement parce que « ça sentait le fauve ». En réalité, ça ne sentait que le petit garçon puisque le fauve, lui, veillait à ne laisser ni trace ni odeur. D'ailleurs, elle refermait la fenêtre aussitôt que nous étions habillés. On attendait sagement la cloche.

Une vraie cloche de vache, suspendue à un radiateur au cœur du home. Pour nous, le troupeau du wagon. Et comme il y avait deux services, il ne fallait pas rater sa cloche. Pas plus qu'il ne fallait courir à table : la directrice détestait toute forme d'excitation. Pas de quoi s'exciter. Personne ne courait au petit déjeuner. Ni jus d'orange, ni croissants ni même céréales au petit déjeuner du home. Uniquement d'énormes tartines, de plusieurs centimètres d'épaisseur, bardées d'une croûte dure et teintées d'un badigeon de fraise qui laissait transparaître le beurre. La directrice passait derrière nous avec deux thermos : thé ou chocolat. Il fallait choisir très vite pendant son arrêt. Une hésitation, un lapsus : plus de boisson chaude, passer son tour. Pour seule tournure admise : « Thé, s'il vous plaît. » Thé tout court on ratait encore son tour. « Euh… », idem. Les deux boissons étaient tellement diluées qu'on lâchait le premier mot qui venait, pour passer inaperçus.

La boisson chaude servait principalement à amollir le pain ; le pain servait à éponger la boisson et à la sucrer grâce à la confiture ; le but, terminer ce qu'on avait dans son assiette et dans son bol : on n'avait pas le droit de quitter la table s'il restait quoi que ce soit dans l'un ou dans l'autre. On voyait parfois des enfants, tartine et chocolat en panne, assignés à résidence autour de l'immense table. Ils pouvaient rester là des heures : la directrice cédait rarement. En fait, jamais. On les voyait mâcher pour de faux, boire pour de faux et pleurer pour de vrai, coupables de n'avoir plus ni faim ni soif ou, plus embêtant, de n'avoir pas compris instantanément la rigueur et la portée d'un règlement privé d'ordre public.

Au home prévalait l'absurde adage « Nul n'est censé ignorer la loi ». Ainsi au petit déjeuner valait-il mieux rester sur sa faim que de demander une seconde ou une troisième tartine à l'issue incertaine. La directrice s'assurait qu'aucun « délit » ne restât impuni et l'on vit ainsi des enfants finir leur tartine à midi, voire au dîner pour les plus récalcitrantes. Tolérance zéro : on ne négociait rien avec la directrice. Elle était l'exécutif et on s'exécutait.

Silence à table. Pour peu qu'on s'adressât, même subrepticement, à son voisin, la directrice nous lançait du bout, d'où elle nous voyait tous : « Puisque tu t'es permis de parler, c'est que tu dois avoir quelque chose de très intéressant à raconter. On aimerait bien en profiter ! » Au home, c'était silence ou haut-parleur.

Il ne fallait pas tousser non plus. Tousser, dans le silence de la table, et la directrice fondait sur le coupable, lui retirait brutalement sa serviette et l'envoyait manu militari se faire prendre une nouvelle fois la température par l'infirmière qui surgissait de la cuisine comme si un enfant venait de s'ouvrir la gorge. La bouche pleine, elle plantait son thermomètre plus profond que d'habitude et attendait devant le tousseur la montée du mercure. Là, de deux choses l'une : soit le thermomètre indiquait une température « anormale », c'est-à-dire au-dessus de 37,4 °C, et l'infirmière devenait suspecte d'avoir bâclé le travail du matin, soit la température était normale et c'était l'enfant qui avait toussé pour rien.

27

Ce qui se passait après le petit déjeuner est difficile à décrire.

Il fallait tout d'abord raccrocher sa serviette de table sur un petit panneau ou la déposer dans un tiroir, selon l'âge, de la façon la plus silencieuse et rapide possible. Impossible à l'heure de pointe. Puis, avec les mêmes discrétion et célérité, trouver un lavabo libre pour se brosser les dents.

L'exécution sommaire de ces deux tâches était d'autant plus dramatique que nous repoussions tous l'injonction : « faire » !

Chaque enfant était tenu de faire ses besoins immédiatement après le petit déjeuner, et de même qu'on ne sortait pas de table tant qu'on n'avait pas tout mangé, on ne se levait pas du pot de chambre tant qu'on n'avait pas « fait », devant tout le monde, dans leurs toilettes en open space.

Les pots de chambre attendaient nos fesses dans l'entrée, à même le sol carrelé, en plein courant d'air. Si, à partir de dix ans, on avait le droit à l'intimité des water-closets, il fallait néanmoins, avant de tirer la chasse, « faire vérifier » que l'on avait bien « fait ». C'est l'infirmière qui s'y collait, pots de chambre et W.-C. Elle seule délivrait l'autorisation d'aller se préparer pour la promenade.

En chaussettes, pantalon aux genoux, on s'évertuait à mériter notre ticket. Chez certains, cette obligation de « faire » bloquait les intestins plusieurs heures au vu et au flair de tous. La directrice contrôlait tout – jusqu'à nos besoins.

28

La promenade était la grande affaire de la matinée.

En hiver, au vent qui soufflait par rafales, on redoutait la promenade obligatoire, avant, plus tard, de la vouloir. Redoutés le crachin, la pluie ou la grêle car nous avions l'interdiction de rentrer sales, de tomber, d'être poussés, d'atterrir dans les flaques. Quiconque rentrait trempé ne pouvait en réchapper. Avec la directrice, il ne fallait pas se mouiller.

Par beau temps, pas une minute à perdre. Pourtant ni train ni bus à attraper mais toujours la même tension. La directrice craignait la pluie autant que nous. C'est pourquoi, les jours de grand beau, l'homme nous escortait, appareil photo au cou, pour immortaliser l'éclaircie.

Debout dans la cour, les premiers attendaient que la directrice vînt les inspecter et les crémer, son apanage. Se faire crémer par la directrice durait peu mais laissait des traces. Elle nous étalait à la va-vite la crème solaire toujours froide en petites claques, incapable, même par inadvertance, du moindre geste de douceur. Elle assurait que ça pénétrait mieux comme ça. Elle nous intimait de fermer les yeux. Injonction inutile : au home, tout le monde fermait les yeux.

29

La directrice était omniprésente : physiquement au départ et à l'arrivée, et via ses ordres pendant toute la promenade. Quand l'un de nous contrevenait, le moniteur sortait la menace suprême « Tu veux que je le dise à la directrice ? » L'homme faisait de même, lui qui nous demandait de ne rien dire à son épouse.

Moins l'injonction de la directrice avait de sens, plus on avait envie de la transgresser, et plus son absence oppressait. L'une des obligations consistait, notamment pour les petits, à nous promener en file indienne, accrochés par la main. La file indienne ne rimait à rien pour nous qui voyions dans les westerns les petits indiens aller et venir en grappe comme nous aurions tant aimé le faire. En outre, on pouvait tenir au moins à quatre de front sur ce chemin sans danger, interdit à la circulation. Enfin, donner une main à celui qui nous précédait et à celui qui nous suivait nous faisait marcher en crabes, sans face ni profil, à risquer la chute en tricotant des jambes.

Pourtant, si nous restions encordés, nos petites mains comme autant de mousquetons, c'est que notre sort en dépendait. Nous ne désirions rien tant que jouer, gambader, ramasser un caillou, pousser un sprint ou sauter au-dessus d'une flaque, mais cet élan vital était stoppé net à l'idée que quelqu'un pût le dire. Ainsi, les plus zélés d'entre nous, et ceux, bien souvent, qui avaient manifesté la plus grande envie de jouer, ramasser un caillou, sprinter ou sauter au-dessus des flaques, étaient les premiers, devant le cerbère planté dans le vestiaire, à piailler qu'ils ne s'étaient jamais lâchés. Ils avaient seulement lâché tout le reste : pensées, plaisirs, refus. Ils avaient perdu la main. La directrice leur répondait que c'était très bien, mais que maintenant ça suffisait, et qu'il fallait aller à la salle à manger en silence et sans courir.

30

Et puis il y avait la télé. Au métronome, chaque jour à la même heure, l'homme disparaissait des écrans, s'enfermait pour regarder le même jeu. Nous connaissions tous ce jeu télévisé pour l'avoir vu chez nous, et tout enfants que nous étions, nous reproduisions le mépris de nos parents pour ce genre d'émissions. En finale, les candidats étalaient un vernis de culture générale sur les questions du type : quel joueur de foot a joué dans tel téléfilm ?

À aucun prix l'homme n'aurait manqué cette émission. Elle lui permettait de soulever la chape de son épouse. L'horaire tombait à pic, pendant les deux services du dîner, à un moment où elle n'était jamais dans l'appartement. Toutes les occasions étaient bonnes de se soustraire à son empire : la télévision, le train des enfants, et les petits mâles du home.

La directrice connaissait ces échappatoires : elle les avait même ménagées à son mari pour alléger le carcan dans lequel elle l'avait mis. Il aimait les chats : elle lui avait collé un énorme chien ; il aimait la ville : elle l'avait relégué en pleine nature ; il aimait la musique : il ne fallait pas réveiller les petits ; il aimait l'art : *« cette passion coûteuse qui ne sert à rien »* ; il aimait les hommes : elle l'avait rendu père à deux reprises. Le brancher à la télévision lui évitait d'imploser.

31

On se douchait un soir sur deux. Les filles les jours pairs, les garçons les jours impairs. Il y avait très peu de salles de bains, héritage d'une époque sans hygiène. Là non plus, ne pas traîner. Avant l'heure du dîner, et les douches juste avant lui, la pression montait sur les moniteurs, donc sur nous.

Au signal, il fallait tous se déshabiller et attendre debout, savon à la main et serviette nouée autour de la taille, l'ordre d'aller nous doucher. « Au suivant… » Une fois sorti de la chambre, il fallait trouver tout seul la douche libre, fous rires quand on pénétrait par mégarde dans la salle de bains d'un ami, plates excuses quand on faisait la même erreur dans celle d'un plus grand.

Au home, interdiction de s'enfermer. Même aux toilettes, pour les raisons que l'on sait. On prenait donc sa douche baigné d'incertitude. Sans parler des filles qui redoutaient l'irruption d'un garçon.

Cette promiscuité garantie nous faisait expédier la douche en un temps record. Ensuite, nous nous rendions au quartier libre obligatoire avant le dîner. À dix-neuf heures, en bout de table, la directrice régnait sur son petit monde avec son homme toujours branché sur la télé.

32

L'homme se débranchait tout seul à l'extinction des feux.

La directrice passait comme l'éclair avant l'orage. Sa voix stridente au moment où nous entendions son « Tous au lit ! ». Nous baissions les yeux et faisions semblant. Tous aux abris ! Saut de nuit pour chaque commando. Elle commandait d'une voix de fer. Et gare à celui ou celle qui regardait la lune.

Good cop, bad cop : après son ouragan de femme, l'homme n'avait plus qu'à se mettre en basses fréquences. C'était l'Afrikakorps ou le marchand de sable. Avec pour seul objectif, aussitôt atteint, de nous fermer les yeux. Au lieu de nous dire bonne nuit avant d'éteindre la lumière, il éteignait d'abord, et passait de lit en lit distribuer ses « baisers trompettes ».

Le « baiser trompette » de l'homme se décomposait ainsi : la lumière éteinte, il commençait par s'asseoir sur un de nos lits, jamais le même. Pas vraiment s'asseoir : ses deux fesses étaient bien posées mais le reste de son corps se répandait en un instant gluant tel un poulpe sur le matelas. Ses huit bras, aux mille ventouses, infligeaient leurs palpations à notre petit corps en un temps record. Quel que soit notre âge, soudain nous semblions infiniment petits. Comestibles.

Pendant l'auscultation, nous ne bougions plus, coupions notre souffle. Le sien s'approchait, trop lentement, dans cette nuit prématurément tombée sur l'aube de notre vie.

Le sec « Tous au lit ! » de la directrice et le suave « bonne nuit les garçons... » de l'homme étaient tellement bien orchestrés que nous obéissions à la baguette. Nous vivions leur passage autant de fois qu'il y avait d'enfants dans la chambre. Chaque soir, nous répétions sa partition improvisée.

La libération venait avec le moment le plus redouté : le baiser trompette. Quasi paralysés par l'effet urticant de ses tentacules, nous recevions son visage, d'abord par l'oreille puis sa bouche glissait vers nos lèvres, et ses mains qui nous chatouillaient à ce moment précis. Un petit rire en résultait, qui servait probablement à convaincre les autres de l'innocuité de la chose, mais nous signalait à coup sûr le soulagement d'être enfin sorti de l'épreuve.

Guitare en gare, trompette au coucher et bientôt cours de piano : au home, la moindre musique appelait la plus grande méfiance.

33

Les lettres à la famille participaient de la propagande. Dans la plupart des colonies de vacances, les enfants dictent et les moniteurs écrivent à leur place ; et puis les enfants signent. Au home, c'était le contraire : la directrice dictait et nous écrivions. Dans le droit fil des conversations téléphoniques au cours desquelles nous apprenions ce que nous avions le droit de dire et de ne pas dire.

Les parents avaient le droit de nous téléphoner. Pour être plus exact, ils n'avaient pas le droit de nous téléphoner. Sauf dix minutes par semaine, cinq minutes par enfant quand on était frères : conversation surréaliste où il nous fallait systématiquement dire qu'il faisait beau quand il pleuvait des cordes.

La directrice se collait à nous, l'écouteur à l'oreille. D'un regard ou d'une pression ferme, elle s'exprimait à notre place quand bien même c'était notre voix que nos parents entendaient. La version orale des lettres que nous leur envoyions authentifiait nos propos et détruisait d'autant la vérité qu'ils ne pourraient plus comprendre.

Ils se contentaient de nous demander s'il faisait beau. Ils n'étaient donc pas particulièrement inquiets de la vérité. La directrice avait raison : autant leur répondre qu'il faisait beau.

Au fond, c'était là tout notre problème : il fallait qu'il fît beau. Il fallait que nos vacances se passassent bien, ce qui allait forcément de soi dès lors que le camp était cher. Il fallait que notre enfance fût heureuse. Et affirmer qu'il pleuvait alors que nous passions nos vacances dans un des plus beaux homes d'enfants au monde était une ligne qu'il ne fallait pas franchir. Car, comme chacun le sait, il ne pleut jamais pendant les vacances. Ou seulement la nuit.

Peut-être que la directrice, au lieu de nous brimer, ne faisait que nous aider à comprendre qui étaient nos parents. À systématiquement nous déléguer à d'autres, ils avaient su nous condamner à la relégation dans chaque compartiment de notre vie depuis notre naissance. De la nounou qui, par mamelle interposée, laissait notre mère faire sa nuit ; à la nanny qui devait s'assurer que nos premiers mots fussent anglais ; à la kyrielle de jeunes filles au pair, car les nuits de notre mère étaient finalement plus longues que prévu ; à la cuisinière et autres domestiques pour veiller aux vivres car si, à l'œil nu, la carence affective ne se voit pas, la carence alimentaire, elle, crève les yeux.

Notre « mère » de ménage nous a raconté une fois qu'une nanny avait été renvoyée du jour en lendemain parce que nous avions eu le mauvais goût de l'appeler « mummy ».

34

En groupe, on se partageait la solitude. Quand un enfant avait les yeux dans le vide, c'est que l'homme était passé par lui. Un jour ou l'autre. Dans les couloirs du home, nous étions disponibles sans recours. À sa merci. Nous le savions.

Nous n'en parlions jamais. Un regard échangé signalait que l'un d'entre nous était tombé. Certains erraient sans but. Tout le monde savait. Personne ne demandait rien. On les laissait aller vers leur mort mutique. Pendant quelques jours, ils étaient duty free. On ne pouvait rien leur imposer.

Ils se rebellaient à leur façon, par une extrême lenteur dans leurs mouvements, réelle provocation envers la directrice. Mais, comme il s'agissait d'une pathologie reconnaissable entre mille, même la directrice devenait coulante et laissait l'enfant se débattre avec lui-même. Il n'y avait plus rien à faire.

Certains marchaient seuls pendant les promenades et on les laissait. On les aimait mieux déliés, pour éviter la contamination entre indiens. Cette quarantaine volontaire joignait dangereusement deux ingrédients : la douleur et la haine.

À ceci près que l'explosion n'avait lieu que des années plus tard. Les dommages décimaient alors l'entourage, indemne jusque-là. Avant cela, douleur et haine consumaient la mèche qui brûlait tout l'intérieur. La décomposition qui en résultait affaissait tout l'organisme sans relâche. Haine et douleur se relayaient pour redoubler une tension d'autant plus sourde qu'on n'éclatait toujours pas.

Ça ne passait pas. On n'en finissait pas de digérer seul. On sentait aussi s'abattre sur soi la commisération que l'on témoigne à ceux qui ont perdu quelqu'un. Tout leur est permis pendant la durée du deuil.

Parler de quarantaine était fort à propos puisqu'il avait plus de quarante ans et nous moins de dix. Nous avions pris trente ans. Nous nous trouvions d'un coup aspirés dans sa quarantaine, propulsés dans un âge inconnu. La lenteur de nos mouvements disait assez notre regret d'avoir perdu le rythme simple de notre horloge, du temps où elle fonctionnait sans complications.

D'autres refusaient catégoriquement tous les jeux de société. Ils gardaient sur eux le pyjama douteux des bénéficiaires d'une grâce présidentielle. Plus qu'à un coupable auquel on accorderait des circonstances atténuantes, leur cheminement pesant et emmuré trahissait la démarche d'un innocent auquel on aurait trouvé des circonstances aggravantes.

Un appel à l'aide obsolète luisait néanmoins dans ces regards éteints. Une variante de la main qu'on tend dans le vide avant de monter dans le train. Un appel muet pour une aide inutile. On assurait que, passé l'anesthésie, ils reviendraient tranquillement de leur engourdissement.

Ils ressemblaient à des nuages. Ils faisaient de l'ombre au papier glacé de la carte postale tant vantée par nos parents. Ils flottaient sans vraiment déranger. Tout le monde disait : « Ça va passer… » et cela passait. Seulement pour les autres. Qui ne percevaient plus leur vide. Eux étaient seuls. Seules proies de la solitude abyssale. Pour eux cela ne passait pas. Cela ne passerait jamais. Cela s'enfonçait juste. Cela arrangeait tout le monde.

Ils ressemblaient tous à des nuages. Mais des nuages d'un genre particulier. De ceux qui ne pleuvent jamais.

35

Le problème, c'est quand le geste a eu lieu une fois. Et le vrai problème, c'est quand le geste a eu lieu à un âge très jeune. Alors il a toute latitude pour se répéter sans fin. Et l'on ne peut, au mieux, que l'observer.

Ça commence par le poids de l'adulte. Du point de vue d'un enfant, un adulte pèse lourd. Son bras pèse lourd, sa tête pèse lourd, sa main pèse lourd ; même son doigt pèse lourd. Son haleine pèse très lourd. On a beau retenir sa respiration en attendant que ça passe, il y a ce poids interminable de l'adulte qui a commis l'erreur, fatale pour l'enfant, de peser sur lui. Et ce poids survient dans toute son immensité dès le premier contact : une main posée par hasard sur le cou, un ongle qui effleure une cuisse, une caresse anormalement longue sur les cheveux ou même un secret susurré tout contre l'oreille sont les premiers signes, anodins pour autrui, assourdissants pour l'enfant, d'un déséquilibre annoncé.

Il y eut d'abord tous les gestes dont nous ne nous souvenons pas. Enfin, c'est plus compliqué que ça puisque nous nous en souvenons. Ils sont imprimés en nous. Mais nous étions trop jeunes. Beaucoup trop jeunes pour que nous puissions nous en souvenir précisément. C'est comme une tache que l'on constate sur soi et qu'on peine à relier à un événement précis alors qu'elle a forcément une origine. Ces gestes-là sont les plus pénibles. Ce sont eux qui nous polluent. Quand nous mettons fin à une relation sans raison aucune, c'est ce geste déplacé qui resurgit. Quand nous sommes sur le qui-vive, que la paranoïa nous emporte, c'est pour se protéger contre ce geste. Quand nous détruisons les fruits d'un projet que nous avons porté, c'est parce que ce geste a encore frappé.

Il nous aura fallu des années pour le comprendre. Le vrai problème, c'est qu'on ne peut pas l'expliquer. Sauf entre nous. Mais, entre nous, nous n'en parlons pas. De peur d'en savoir plus. Car nous en savons déjà trop. Alors nous restons englués. Oiseaux seuls. Bitumés. Dans ces souvenirs poisseux et incertains.

Et puis, il y eut les gestes dont nous nous souvenons. Parce qu'ils se sont produits quand nous avions cinq ou six ans et qu'à cet âge-là on se souvient.

Le premier fut quand l'homme d'enfants se mit à nous toucher les chevilles pendant que nous regardions un Charlie Chaplin. L'homme nous fit comprendre ce jour-là qu'il était plus fort que Chaplin. Plus fort mais tellement moins drôle puisque nous avons cessé de rire. Et Charlot de glisser, de tomber, d'esquiver le gros homme avec l'énorme moustache et les imposants sourcils, et nous d'être subitement glacés dans notre chair.

L'homme d'enfants s'était assis entre mon frère et moi. Assis par terre, le dos calé entre nos deux chaises. Nous ne l'avions pas vu venir, ni mon frère ni moi, car, à ce moment-là, Charlot était plus fort que lui. D'ailleurs, c'est lui qui avait programmé cette séance de cinéma contre l'avis de sa femme, laquelle soutenait qu'il était trop tard, avec toutes les activités prévues le lendemain. Mais lui avait dit : « Un seul, n'est-ce pas les enfants ? » et nous avions tous crié « Oui, oui, oui, s'il vous plaît ! ».

Le fait que nous voussoyions la directrice et que nous tutoyions l'homme rendait plus naturel le soutien que nous lui apportions. Car ce jour-là encore, nous l'avions soutenu. Nous l'avons toujours soutenu. Alors que son acte était clairement prémédité. Ce jour-là, Charlie Chaplin n'était que le court métrage qui devait précéder le long métrage de l'attouchement. Car un attouchement va plus loin que l'acte lui-même. Il creuse une plaie dans l'eau de mer, qui ne peut que s'élargir.

La présence de mon frère le rendait pourtant moins menaçant : rien de grave ne pouvait m'arriver qui lui arriverait aussi en même temps. L'homme d'enfants savait jouer de sa palette. Avec les garçons, un virtuose de la touche : un art consommé de presser négligemment les tubes. Avec l'homme toucher n'est plus jouer : c'est toucher-couler.

Le temps que ça sèche, une bonne partie d'échecs : contre toute attente, il cachait la ligne des petits pions derrière les grosses pièces. Il se faisait volontiers prendre sa reine. Pour se coincer un petit fou dans la tour. Ainsi, caresser la cheville de mon frère pour me prendre la mienne, c'était cacher le coup suivant.

Il grossissait chaque jour son cheptel de pions dont lui seul connaissait le degré de maturation, de collusion, de crainte, de respect, d'envie parfois. Le fait est qu'il nous surprenait toujours, nous laissant tranquilles quand nous pensions qu'il allait franchir des limites contre lesquelles nous nous sentions capables de résister, ou relançant l'assaut quand nous nous croyions hors d'atteinte.

Nous étions ce sous-groupe qui existait à discrétion, ses agneaux, tous marqués au tatouage de ses caresses, troupeau docile acculé au silence. Le silence de l'agneau. Nous étions seuls marqués de son empreinte invisible, ineffaçable.

36

Parfois un moniteur se révoltait. Plus souvent une monitrice. Elle avait ce courage inouï, inconcevable pour nous, d'affronter la directrice.

Personne ne se souciait d'affronter l'homme. Sa façon d'être soumis à son épouse le rendait impalpable. On savait instinctivement qu'il éluderait tout conflit, qu'il sourirait, qu'il serait encore plus séduisant et que toute tentative d'explication serait peine perdue.

La directrice était frontale : il suffisait de se placer devant elle pour que ça explose. Nous savions que cela arrivait quand nous avions le son après l'image : d'abord elle entraînait avec autorité la courageuse monitrice dans leur appartement, d'où provenaient alors des cris. Séquence brève, après laquelle la directrice renvoyait sur-le-champ la contestatrice.

C'est dans l'appartement qu'elle réglait les conflits les plus graves. L'appartement était aussi le seul endroit où se trouvait la télévision qui écartait l'homme des enfants. L'appartement était ce lieu où habitaient le couple et leurs deux enfants. Tout ce que nous en savions, c'était ce son étouffé du téléviseur et cette porte constamment close et même fermée à clef où il y avait marqué « Privé ». Leurs deux enfants n'habitaient pas exactement l'appartement mais deux chambres à sa droite. Ils y accédaient via un couloir dérobé. « Privé » voulait donc probablement dire « privé d'enfants ».

37

Au home, pour apprendre, il fallait avoir compris. Du premier coup : ce que disait la directrice était toujours intelligible, juste et nécessaire. Les petits décervelés ne posaient jamais de questions. « Tout le monde a bien compris ? » Silence (« Oui, vous avez toujours raison »). Traitement spécial pendant l'intégralité de leur séjour pour les fous qui osaient une critique ou un jeu de mots. Traitement normal de l'intellectuel en dictature.

L'exclusion se faisait en effaçant toute trace de son origine. Toute suspicion à son sujet s'évanouissait devant le sort étrange réservé au contrevenant : violence puisée à l'absence de brutalité. L'enfant devenait un étranger. Il était cet « autre » sans nom aux sobriquets multiples : le paresseux, le bavard, le je-sais-tout, l'insolent ou le prétentieux. On les évitait lui et sa conversation, sans quoi l'on devenait sympathisant éclairé. Quoi qu'il fît, elle s'assurait qu'il fût l'unique responsable de ce qui lui arrivait. Et si, épuisé d'être rejeté, il s'abaissait à faire amende honorable, elle en profitait pour lui porter l'estocade finale : « C'est trop facile de s'excuser ! » Aucune réduction de peine : exclusion sans appel avec la directrice.

Avec l'homme d'enfants, on s'excluait tout seul. On se détestait. On cherchait à se fuir. Pour essayer de ne pas comprendre. En tout cas pas à cet âge-là. Ni plus tard d'ailleurs. En tout cas pas tout seul. Avec l'une ou l'autre, on était chassé du terrain. Pour la directrice, carton jaune ; carton rouge pour l'homme d'enfants. Dans le premier cas, ça prenait fin avec les vacances ; dans le second, son carton rouge était en nous. La victime de l'homme se condamnait à une peine incompressible de solitude absolue. Dans cette famille d'accueil, il devenait l'oncle incarné : il poussait notre chair dans le mauvais sens. Il s'incrustait en nous. Il nous infectait. Il nous ôtait la faculté de distinguer la docilité de la soumission. Une nouvelle tension appelait d'étranges réflexes : phobies sans causes, crises d'angoisse, pertes de confiance. Toute contact devenait redoutable. Mais, bien sûr, c'était sans gravité.

38

D'où venait ce besoin d'obéir à la lettre ? Quelle lettre était-ce d'ailleurs ? La peur de la loi n'explique pas tout. En fait de loi, il n'y avait que des oukases variables édictés à la va-vite. Pourquoi donc la soumission ? Pourquoi n'avons-nous jamais dit « Non ! », juste pour voir ? Pourquoi ne jamais nous être unis pour dire à plusieurs ce que nous savions tous chacun tout seul ? Pourquoi n'avons-nous jamais crié ? Pourquoi n'avons-nous jamais fui ? Pourquoi avons-nous accepté de jouer tour à tour tous les rôles ? Pourquoi cette impuissance avec l'âge ? Pourquoi est-ce que ça fait plus mal de se taire que de subir ? Pourquoi n'avons-nous jamais osé dire « Pourquoi » ?

Comment dire à sa propre mère qu'elle nous fait mal quand elle nous dit que c'est bien ? Comment dire à son père qu'il faut nous écouter ? Comment dire à notre famille que le linge sale ne se lave qu'en famille ? Et que les piles de linge propre repassé par ordre alphabétique cachent autant de taches qui ne partiront jamais ?

Comment donner de la voix quand on n'a pas le droit : « T'as la chance de partir en vacances alors que les petits

Africains qui meurent de faim aimeraient bien être à ta place » ? Comment faire entendre le silence du home quand, à la maison, on nous demande si souvent de jouer au roi du silence ? Qu'est-ce qu'il y a au Royaume du Silence ?

Il est des lieux où ne circulent que des questions.

39

Il y avait aussi des refuges. L'un d'eux se situait au grenier, derrière une armoire pleine de vieux vêtements, armoire dont la particularité était d'être dotée d'une espèce de trappe au mécanisme complexe, puisqu'il fallait appuyer un petit coup vers le bas afin de pouvoir la faire glisser vers le haut. Une fois cette opération effectuée, on n'avait plus qu'à se glisser dans l'orifice ainsi magiquement dévoilé. L'opération contradictoire pour débloquer la trappe et le goulet qui en résultait nous assuraient l'inaccessibilité de ce passage à tout adulte. Chasse gardée d'enfants et d'adolescents de petite taille, qui se cooptaient entre eux.

La cooptation se traduisait par un lapidaire : « Suis-moi ! » Les cooptés appartenaient à deux espèces diamétralement opposées : les dominants (peu nombreux et membres réguliers) et les dominés, dont la population se renouvelait régulièrement au gré des conciliabules entre dominants. J'eus, avec quelques compagnons d'infortune, la particularité de faire partie de ces deux groupes : dominé, apprécié pour sa soumission et sa capacité à savoir garder un secret, puis dominant, non par tempérament, mais comme une prime qu'on ne pouvait refuser au consommateur (ou plus exactement au consommé) à la carte de fidélité remplie de bons (et loyaux sévices reçus sans broncher) que j'étais devenu au fil du temps.

Cependant, même dominant, je me démarquais des autres par le fait que je ne participais à rien ; je n'étais simplement plus dominé. J'étais libre de ne rien faire, ce qui, au home, et ce, de la cave au grenier, constituait en soi un privilège. Dans le monde réel, mon silence complice me condamnait à une peine théoriquement égale à celle des autres participants. Mais nous savions tous que le monde du home s'appuyait sur la non-assistance à enfants en danger.

Cette neutralité m'a protégé. J'aurais pu verser dans le sadisme collectif qui n'avait rien de collectif : le groupe des dominants n'était constitué que d'un seul dominant entouré de dominés qui constituaient deux groupes, les dominés-dominants et les dominés-dominés. Le second correspondait à l'acception communément admise du mot « dominé » : qui subit les sévices. Mais le premier groupe était également dominé dans la mesure où il participait aux sévices, principalement par peur du dominant, de l'unique dominant qui fût. La collaboration de ses membres trahissait leur soumission. Ils n'existaient pas plus que les dominés qu'ils avaient d'abord été. Ils échangeaient juste leur position pour continuer à se taire.

Au grenier, on devenait des corps diplomatiques. Mais si le droit en vigueur aux étages inférieurs ne s'appliquait pas à nous, il s'en inspirait fortement : on ne change pas un système qui a fait ses preuves ; on l'adapte simplement à son avantage. Le dominant, le seul, le vrai, c'était le plus décoré. Ses blessures visibles devenaient des faits d'armes et ses morsures intimes des médailles : grand cordon de la directrice, et rosette de l'homme d'enfants. Brisé dans l'âme. L'ancienne victime fait le meilleur bourreau.

Ainsi, aussi haut qu'on se planqua, nous restions un groupe, un groupe avant tout, et devions être fiers de l'être. Nous marchions en groupe, chantions à la gloire du groupe et présentions même un spectacle de groupe et pour le groupe. Sur mon perchoir de dominant inoffensif, j'étais l'oiseau exotique de la cage : je ne voletais plus en groupe. Je résistais, sans le savoir. À peine l'armoire magique franchie en sens inverse, je redevenais le bon petit soldat transparent. Mais dans la cache, l'endroit le plus sombre de tout le home, je voyais clair, j'observais ce qui était, je pouvais comprendre et je comprenais comme par enchantement le sens des parades nuptiales, des coups de becs rivaux et des piaillements de servilité à l'égard de la plus belle robe.

Aussi, l'arbitraire y montait des étages inférieurs, avec son vieux défilé de coups et de caresses imprévisibles. Et malheur à celui qui se plaignait ! Se plaindre des coups c'était bon pour la mauviette ; se plaindre des caresses bon pour le traître. Plus grave donc. Mais conforme à notre échelle de valeurs selon laquelle les caresses étaient plus nocives que les coups.

Quand on tombait du trou de l'armoire, on ne se faisait jamais mal : le sol était jonché de matelas, vieux, poussiéreux, mais bons amortisseurs. Il y faisait soudain très sombre, et l'on ne voyait plus que le petit trou de lumière dans la paroi de droite. Le trou de ce back-room, qui donnait dans la chambre d'un moniteur. Nous nous relayions pour le mater en train de lire, d'écrire, de s'habiller ou se déshabiller, et pour les plus chanceux, en train de fricoter avec tel ou telle.

Toute la loi de cette planque était précisément que la présence du moniteur à même la paroi, dont on avait vite fait de voir et de comprendre qu'elle n'était absolument pas insonorisée, nous imposait un silence total sous peine de mouiller tout le monde. L'interdiction d'émettre le moindre son assurait une impunité totale aux dominants. C'est ainsi, alors même que nous étions en train de l'observer, qu'à son insu, le moniteur continuait à nous surveiller y compris pendant sa pause. Quel que soit le trou, pas d'issue : on restait en sourdine.

40

Je commis l'erreur de tomber amoureux. Un amour impossible. Une monitrice. Elle ignorait mon existence et moi je ne voyais qu'elle. Elle mettait sa main dans mes cheveux : « Tu viens ? » Cette caresse, malheureusement désintéressée et qui visait tout simplement à me diriger vers le vestiaire ou à m'amener à table, me faisait venir l'appétit autant que celles de l'homme le dégoût. Je pouvais vivre jusqu'à deux jours d'affilée avec la plénitude de cette sensation, avec le nectar de son parfum léger si féminin, avec le trouble de sa voix si envoûtante et, surtout, avec cette douceur si maternelle qui manquait tant dans ce lieu. Pas comme l'eau de Cologne de l'homme d'enfants, qui collait aux narines comme sa main, dont on avait l'écœurante impression que certains doigts s'aventuraient encore sur votre crâne longtemps après qu'ils se fussent retirés.

Quand nous partions en promenade, je m'arrangeais pour être le dernier ou le premier de la file, espérant qu'elle ouvrirait ou fermerait la marche. La séparation des sexes faisait que nous ne pouvions nous rencontrer que par hasard, hasard que j'essayais de provoquer en lui apportant un gant trouvé par terre, une parole que la directrice venait de prononcer ou un sourire qui avait le mérite de la faire sourire à son tour, ce dont j'étais très fier.

Ancienne pensionnaire du home comme la grande majorité des moniteurs, elle jouissait, du fait de son ancienneté, d'un statut spécial. Son père était un homme politique connu. Il y avait ainsi, même au sein des moniteurs, des différences de traitement. Ma dulcinée faisait partie de la caste des intouchables : au home, à l'inverse de l'Inde, il s'agissait de la caste la plus élevée.

Un soir, avant d'aller me coucher, je me dirigeais vers les toilettes quand je la vis sortir de sa chambre au haut des marches, pas très loin de l'entrée du grenier. Une idée saugrenue me vint et je courus vers elle en lui demandant de me suivre incontinent. Je lui pris la main et l'amenai devant l'armoire magique, acte de la plus haute trahison vis-à-vis de tous les dominants. À elle seule, cette transgression porta mon excitation à son comble. Bien qu'elle ignorât totalement les risques que je prenais pour elle, oser faire pénétrer une personne du sexe féminin, et qui plus est, une monitrice, au sein de cette forteresse réputée inexpugnable, était un crime que je sentais soudain nécessaire d'accomplir, ne fût-ce que pour prendre de la valeur à ses yeux.

Curieuse et presque irritée de n'avoir pas connu plus tôt cette cache malgré les années passées au home, elle se faufila, sans résister, à ma suite à travers l'armoire. Bien que fine, elle eut du mal à faire passer son bassin, ce qui me donna l'occasion de la tirer vers moi de toutes mes forces, la tête entres ses seins pendant que mes bras l'enserraient fermement. Je priai pour qu'elle ne se débloquât pas, quitte à mourir de bonheur étouffé sous elle.

Puis, à peine tombés sur les matelas, je me mis à parler sans interruption. Ma logorrhée soudaine vidangeait tous ces séjours au cours desquels, année après année, je n'avais jamais osé lui dévoiler ma flamme. Je lui expliquai les dominants et les dominés, le système de cooptation, mon statut de neutralité au sein des dominants, tout ça en lui tenant la main et en enfouissant ma tête dans son cou sous prétexte de parler le moins fort possible, comme s'il s'agissait du plus important des secrets mais aussi parce que nous la risquions tous les deux, notre tête, à nous trouver là ensemble.

Un plaisir indicible traversait tout mon corps depuis que nous avions atterri sur les matelas et que j'étais en contact avec sa peau sans relâche. Un plaisir que je ne connaissais pas semblait à la fois m'engourdir et propager des ondes de bien-être du sommet de la tête au bout des orteils en passant par la colonne vertébrale. Je ne savais plus si j'étais au paradis ou en enfer. Je brûlais de désir pour elle et l'obscurité devenait une alliée précieuse qui confondait nos âges et nos rangs. Sa main ne quittait toujours pas la mienne et son souffle se rapprochait. Mes lèvres effleurèrent son oreille à plusieurs reprises. C'était très clair : j'étais au paradis.

Mais au lieu de laisser faire nos corps, ma crainte abyssale de l'embrasser alliée à mon excitation croissante me firent lui parler de plus belle. Occultant totalement le fait que je m'adressais à une jeune femme, monitrice de surcroît, j'eus la très mauvaise inspiration de lui montrer le trou. Au moment même où je lui vantais les avantages de ce poste d'observation, il me revint comme un boomerang que je l'y avais surprise une fois dans les bras d'un moniteur. Elle se raidit subitement. Puis, voulant se dégager de mon emprise, elle effleura mon entrejambe, ce qui la fit pousser un cri qui me glaça le sang. Je retombai en enfer.

Redevenue monitrice, elle m'ordonna de la sortir. À peine hors de l'armoire, elle redevint la sbire la plus zélée de la directrice, puisqu'elle me menaça de me conduire dans son appartement en me faisant traverser, en digne femme de main qu'elle était, la plus grande partie du home.

Mon pyjama trahissait pour la première fois mon sexe en érection, figé dans le marbre. Je priais pour redevenir le petit garçon que j'avais toujours été, mais rien n'y faisait : j'exhibais avec moi la preuve incontestable de mon délit. Elle me tirait honteux sous les rires étouffés des moniteurs que l'on croisait. Sa main n'avait déjà plus la même texture. Elle ressemblait désormais davantage à celle de ma mère qui me tirait vers le grand train. Comme si je ne devais jamais échapper à ce terrible sort, la femme et sa douceur menaient à l'abandon.

Ma première grande histoire d'amour prit donc fin au moment même où j'allais la consommer. Je me souviens avoir trouvé tellement injuste que le plaisir se vît tant chez les hommes et si peu chez les femmes. Je fus également marqué au fer rouge par la terrible humiliation en laquelle se transforme le plaisir qu'une femme peut donner à un homme.

Alors que nous arrivions devant l'appartement privé, elle me lâcha la main, se retourna, fixa mon visage de condamné à mort, puis me susurra : « Il vaut mieux garder ça entre nous. Promets-moi de ne jamais en parler. » Je promis, fidèle à l'omerta locale. Ne jamais mêler d'étrangers, ne jamais inclure pour quelque raison que ce soit un membre qui ne fût pas de la « famille ». Dans les familles incestueuses, on reste entre soi.

Je repartais chargé de mon nouveau secret dont je ne savais trop quoi faire. Trop de sentiments s'entrechoquaient.

En commettant une succession d'infractions à la loi en vigueur et au pacte passé avec les dominants de la cache du grenier, je m'étais mis à exister. J'avais fait surface. J'étais temporairement sorti des marécages de la soumission. Sur le moment, j'eus du mal à le comprendre, mais ce flagrant délit de double désobéissance m'avait donné de l'épaisseur. Fini l'inexistence crasse de l'innocent que j'étais jusqu'alors : j'entrais dans le tangible, jouissance du coupable. J'éprouvai cet électrochoc des valeurs renversées : je repensai à la petite fille redescendue du train, à la monitrice rebelle, au garçon mis à l'index pendant la totalité du séjour pour avoir osé faire de l'esprit, à l'autre qui avait décidé de ne jamais finir ses tartines et, enfin, à la fille qui, ses yeux dans les yeux de la directrice, cria au téléphone qu'il pleuvait des cordes alors même qu'il faisait beau. Toutes ces personnes existaient, avaient du relief. Toutes ces personnes étaient enviées. Toutes ces personnes affirmaient crânement qu'elles étaient libres. Les punitions qui s'ensuivaient étaient le prix de cette liberté. Je pouvais m'estimer chanceux : je n'avais rien payé.

J'eus envie de partager mon exploit du soir mais j'avais encore promis de me taire. À force, je doutais que cela fût arrivé. À force de ne pas être dit, « cela » était de moins en moins nommable. Et à force de ne pas s'en servir, les mots mouraient. Rien n'existait plus vraiment. Hallucinations, mensonges.

Cette mémoire en lambeaux se vengea plus tard en décousant toutes nos amours, en les déchirant de suspicions, en les lacérant de la crainte d'être humilié, du besoin de tout se dire, et puis, l'instant d'après, de se protéger de l'aimée, qui désertait ce carnage. On ne la retenait pas : on pourrait oublier ce qui ne s'oublie jamais.

Une graine de paranoïa fut plantée ce jour-là qui m'interdit de germer près d'une femme. Seul amour envisageable : une femme que je n'aimerais pas. La monitrice n'y était pour rien. Elle n'avait fait qu'attiser la braise de mon délaissement, allumée bien avant que sa main ne m'effleurât le cuir chevelu. En effet, comment faire confiance à quelque femme que ce soit quand, à dix-huit mois, votre propre mère vous dépose sur un quai de gare ?

41

L'arrivée de notre petite sœur changea fondamentalement la donne. Si elle libéra mon frère de la tutelle qu'il avait exercée sans faille, elle me plaça en revanche dans une situation inextricable. Je ne faisais plus un avec mon frère ; je faisais désormais un ou une avec ma sœur.

Le home était un lieu où les femmes imposaient leur volonté et ma sœur n'échappa pas à la règle. Bien que, ou parce que très jeune, elle exigea de dormir avec moi. Demande a priori irrecevable tant la séparation entre les sexes était étanche. Elle maintint néanmoins sa demande et quand on m'interrogea pour savoir si j'étais d'accord, j'acquiesçai. La soumission était le moyen le plus simple d'éviter les ennuis avec la directrice, et d'en avoir avec l'homme d'enfants. La directrice roulait pour l'homme ; elle lui ouvrait la voie. En outre, j'étais tellement certain que la demande de ma sœur serait rejetée que je ne risquais rien à prendre son parti.

Je fus pourtant extrait du dortoir des garçons baptisé « la chambre de la grand-mère ». La chambre de la grand-mère est, comme chacun sait, la préférée du loup. Mais ça c'est une autre histoire. Enfin, c'est toute l'histoire.

Je fus déplacé dans un no man's land. Et un no woman's land. Ni garçon, ni fille. Ni colo, ni famille. Une espèce de lieu de transit avec plein de portes de tous les côtés. À la fois fermé et ouvert à tous. On nous ouvrit un canapé-lit, ni canapé ni lit. Le caprice de ma sœur me fit entrer dans ce nouveau lieu indéfini où le peu de repères que j'avais constitués s'étaient évanouis en un instant. On nous installa dans un couloir situé entre la chambre de leur fille cadette, celle de leur fils aîné et la salle de bains qu'ils partageaient.

Une première porte débouchait sur une seconde, déconcertante. Elle ne savait quoi faire, posée là dans le passage, presque gênante. Entre les deux, un mètre de jonc de mer dont la chevelure, avec l'âge, commençait à rebiquer. Elle témoignait qu'il ne s'agissait pas là d'un lieu de passage. Et pourtant : leurs deux enfants, à l'image de leur chien, y déboulaient à grandes enjambées, jurant, à chaque fois qu'ils se cognaient au canapé-lit, comme si c'était notre faute. Pas faux : leur canapé-lit était devenu un lit-canapé ouvert en permanence. Malgré cela, ils ne nous voyaient pas ni ne nous adressaient jamais un mot. Pour éviter de nous faire marcher dessus, ma sœur et moi nous compressions au centre de notre radeau. Même comprimés, il était clair que nous gênions. Leur province secrète s'était muée en une salle des pas perdus d'où pouvait désormais surgir n'importe qui dès lors que les portes successives qui en matérialisaient autrefois les frontières n'étaient plus jamais fermées à clef.

Personne ne surgissait. Car ces deux portes juxtaposées effrayaient le chaland plus qu'elles n'intriguaient. Et pour cause : nous nous trouvions dans l'enceinte patronale. Dans les appartements, comme on dit. Mais pas vraiment non plus puisque leurs enfants logeaient dans l'annexe.

De fait, il y avait une autre porte juste à gauche du canapé-lit, qui était tout le temps verrouillée. Elle donnait dans l'appartement privé. Notre lit-canapé était donc entouré de six portes : deux dans le dos, d'où surgissaient leurs enfants à grande vitesse sans se gêner pour marcher en toute impunité sur notre lit quand bien même nous serions dedans ; une à gauche, d'où ne surgissait personne, mais cela nous inquiétait davantage, car ne pouvaient en surgir a priori que la directrice ou l'homme d'enfants ; une en face qui fermait la chambre de leur fille ; une légèrement sur la droite, qui était celle du fils aîné et dont on ne voyait que la tranche du piano ; et puis, tout à droite, la porte de leur salle de bains, qui était devenue également la nôtre, ce qui ne contribuait pas à améliorer nos relations de voisinage.

Prenant notre courage à quatre mains, nous avons officiellement demandé que leur salle de bains ne fût pas la nôtre. Car rien n'était plus angoissant que d'être en train de faire au moment où l'un de leurs deux enfants voulait l'utiliser. D'abord parce que l'urgence à devoir faire encore plus vite bloquait les intestins et ralentissait le processus ; ensuite parce que cette porte était la seule à être vitrée, sans quoi notre couloir eût été totalement privé de jour. Un verre opaque soit, mais un verre tout de même qui laissait parfaitement voir ce que faisait la personne qui se trouvait dans la salle de bains. Leurs enfants, les maîtres des lieux, savaient que nous savions ce qu'ils y faisaient. Ma sœur avait peur d'y aller et me demandait de me tenir debout devant la porte au cas où. Étant petit de taille, je ne servais pas à grand-chose sinon à jouer mon rôle de grand frère, moi qui m'étais jusqu'à présent senti si à l'aise dans mon rôle de petit frère. À tort ou à raison, la fille cadette m'effrayait plus que le frère aîné. Traduction un peu hâtive de l'image que je me faisais de leurs parents. À tort donc, comme la suite me le prouva. Doublement.

42

J'étais devenu le chien d'aveugle de ma sœur. L'exigence qu'elle avait formulée de dormir avec moi avait dépassé le lit-canapé : nous ne nous quittions plus. Elle n'était jamais seule avec les filles et je n'étais jamais sans elle avec les garçons. Nous étions devenus deux êtres de sexe incertain qui jouaient tantôt avec les filles, tantôt avec les garçons. Mon frère, d'ordinaire si gentil, vivait mal cette confusion des genres et était le premier à interdire à ma sœur l'accès aux activités masculines. Il s'était rapidement émancipé de son chaperonnage et aurait dû de ce fait en être reconnaissant à ma sœur. Mais comme il est bien connu qu'on veut toujours tuer celui qui nous a fait roi, il était avec elle d'une dureté telle que je me voyais contraint de prendre son parti et, du coup, de creuser d'autant le fossé qui me séparait des garçons.

Quand il nous arrivait d'aller du côté des filles, c'est moi qui ne trouvais pas ma place dans les jeux. Tout y était différent : les couleurs des chambres, les odeurs, les monitrices, les cris stridents pour un rien et cette façon de se dire des secrets en permanence, seconde nature chez ma sœur et chez ses copines du moment. Pourtant, aucune d'elle ne partagea jamais avec moi le moindre secret, ce qui m'excluait de ce qui promettait d'être la partie la plus croustillante de leurs activités.

Nous étions donc devenus siamois du jour au lendemain puisque je fus même rétrogradé dans son groupe pour certaines activités sportives. Ainsi, outre son frère, j'étais également son portefaix quand je portais son sac, son gardien quand je protégeais ses toilettes, sa baby-sitter quand je lui racontais des histoires au moment de nous endormir, et son goûteur pendant les repas.

Ça ne rigolait pas du tout pendant les repas. En sus de l'obligation de faire un choix immédiat entre deux plats qui ne nous plaisaient parfois ni l'un ni l'autre, il était impensable de ne pas tout manger jusqu'à la dernière miette, car tous les plats étaient servis dans la même assiette. De l'entrée au dessert. Si par malheur on n'aimait pas la soupe au potiron, surtout dans sa version paysanne, c'est-à-dire avec plein de fils, on nous trempait la viande dedans sans ménagement et même les petits suisses. Ma sœur n'aimant ni les légumes ni le poisson ni la viande pas assez cuite ni la plupart des soupes, il fallait que j'avalasse ce qu'elle avait dans son assiette le plus discrètement possible afin qu'elle ne se fît pas repérer et qu'elle pût continuer à manger ce qui lui plaisait. Je m'exécutais devant la moue désapprobatrice de mon frère.

J'étais devenu sans m'en apercevoir celui qui ne dit plus jamais non à rien. À la fois acteur principal d'un film de figurants et spectateur de ma propre impuissance, je charriais des flots de violence contre moi. Ainsi, mon problème n'est-il pas de n'avoir rien construit dans ma vie mais d'avoir systématiquement tout détruit. C'est cette graine-là qui fut plantée au home d'enfants.

43

Mon nouveau statut m'interdisait nombre d'activités. J'étais devenu « remplaçant » pour la plupart des sports collectifs, ce qui signifiait que je ne jouais pas ; on ne procédait à aucun changement. De toutes les façons, j'étais le seul remplaçant et personne n'avait l'intention de le devenir à ma place. Quand je n'étais pas remplaçant, me nommer « arbitre » c'était me vouer aux gémonies, vu ma timidité. Raison qui explique que l'on inventât pour moi une nouvelle fonction : « arbitre suppléant ». Ce rôle proche du néant consistait, suivant la gentillesse du moniteur, à me laisser donner le coup de sifflet du début et, parfois, celui de la fin. Je ne m'en plaignais pas car cela m'exposait beaucoup moins qu'arbitre titulaire.

Pendant les jeux de société, j'étais « banquier », fonction d'apparence honorable mais qui, là aussi, visait seulement à ne pas me faire jouer. Comme je ne comptais pas assez rapidement, je fus vite rétrogradé au rang de « responsable des opérations », titre ronflant comme souvent dans la banque, mais dont le rôle consistait uniquement à ouvrir le jeu, c'est-à-dire la boîte, et à tout ranger à la fin.

Le plus difficile, pour les moniteurs, fut de me trouver un rôle dans le spectacle de clôture. Véritable institution, il se préparait, chambre par chambre, tout au long du séjour. On voulait par là ébaucher une fraternité qui s'incarnerait dans un drapeau derrière lequel chaque chambre défilerait avant de monter présenter sur scène son numéro. La chambre de la grand-mère avait son drapeau, comme les chambres du grand-père, du cousin, de la nièce, du beau-frère, de l'aïeule, mais pour ma sœur et moi, rien : pas de nom de chambre, pas de drapeau. Nous n'étions qu'un passage privé et il ne restait plus de noms « de famille » disponibles. Un moniteur avait proposé « la chambre du couple » mais bien entendu l'idée ne fut pas retenue. La directrice avait ordonné de nous garder en réserve en cas.

Si ma sœur, qui chantait juste, trouva rapidement un rôle dans l'opérette que préparait la « chambre du cousin », mon passage dans toutes les chambres de garçons suscita au mieux l'indifférence, au pire le refus catégorique, dont le plus violent vint de mon frère. Pour me consoler, on m'expliqua que je serais sur liste d'attente mais qu'il n'y avait pas trop à m'inquiéter puisque j'y étais le premier. On écrivit mon prénom sur un bout de papier où j'étais effectivement le premier. Et le seul.

Pendant la quasi-totalité du séjour, je vis cette feuille punaisée dans le vestiaire. Tout le monde avait été prévenu qu'en cas de besoin, il suffirait d'inscrire le nom de la chambre où je devrais me rendre. À chaque fois que j'en avais l'occasion, je me précipitais dans le vestiaire, tout ému à l'idée d'un rôle à jouer, mais personne n'avait besoin d'un apatride, même comédien. La veille du spectacle, le miracle eut lieu : mon prénom à côté de « chambre de la bru ».

Celle des garçons de douze à quatorze ans. Les chambres de filles avaient des noms masculins et inversement celles des garçons.

Il leur manquait un chien. Dès la première répétition, qui n'était la première que pour moi mais la dernière pour tout le monde, on me mit dans un costume de chien qui avait servi des dizaines de fois, qui était trop grand, qui sentait mauvais et surtout qui grattait. Il y faisait très chaud et, dans la grosse tête de chien, j'entendais mal ce qui se disait. Je finis par comprendre qu'en fait de chien, je devais miauler. Le temps que je mis eut le don d'irriter tout le monde : il fut décidé à l'unanimité d'interdire au chien le défilé sous le drapeau.

Chaque coup de pied dans le derrière était censé déclencher un cri d'animal. N'importe quel cri, sauf celui d'un chien. Il y avait eu plusieurs volontaires avant moi mais avec les coups de pied et l'épreuve du costume, ils s'étaient tous désistés. D'où ma chance de dernière minute. J'aurais dû commencer par roucouler, car, en fait de chien, il leur manquait un pigeon.

L'intrigue était mince. J'étais un chien domestique que ses propriétaires plaçaient à la SPA et dont plus personne ne voulait. À la question de l'employé de la SPA : « Pourquoi voulez-vous vous en débarrasser ? » la réponse était : « Parce qu'il a un problème mais je ne peux pas vous dire lequel. » Suspense. Pour pallier l'indigence du propos, on comptait beaucoup sur l'effet du coup de pied dans les fesses, d'autant qu'il devait faire miauler ou bêler le pauvre animal. Les six garçons de la chambre se succédaient dans le rôle du visiteur candidat à l'adoption. Chacun d'eux me donnait son coup de pied en beuglant la même phrase : « Mais puisque je vous dis qu'il est pas normal ce chien ! »

Au premier coup de pied, j'eus envie de rugir comme un lion pour les surprendre et, qui sait, leur faire peur, mais le coup s'avéra beaucoup plus fort que lors de la générale, et la douleur me tira un miaulement de chaton. Au coup suivant, je fis bien le bêlement convenu mais si faiblement que je reçus du même garçon un second coup de pied suivi d'un : « Mais puisque je vous dis qu'il a bêlé ! » Au troisième coup, au lieu de mugir, je me mis à chevroter, seul son capable de sortir de la boule qui grossissait dans ma gorge. Au quatrième coup, je fis « cui... cui » entre mes larmes et la directrice, qui n'en perdait pas une miette, éteignit puis ralluma la lumière. Le numéro était terminé. Il n'est pas impossible qu'elle l'ait également fait pour rattraper les quelques minutes de retard occasionnées par le numéro précédent. L'important pour elle, c'était que ça commence et finisse à l'heure.

Je ne saurai donc jamais si ce furent mes pleurs qui motivèrent l'interruption, ou le métronome qui réglait toute activité du home. Toujours est-il que le dernier « Mais puisque je vous dis qu'il est pas normal ce chien ! » fut prononcé dans le noir sous les maigres applaudissements d'un public qui n'avait pas ri une seule fois. J'essuyai les regards noirs de toute l'équipe et surtout des deux derniers qui n'avaient pas pu jouer. Pour le coup, j'eus envie d'aboyer et de mordre. Mais je n'en fis rien. J'avais peur de perdre mes amis.

Au fond, ils avaient tous raison : il était pas normal ce chien. Ni alors, ni plus tard, je n'ai eu le courage d'aboyer ou de mordre. Et même s'il m'est parfois arrivé de tenter un miaulement, un piaillement ou un chevrotement, personne ne sembla m'entendre. Comme si je m'étais tu. D'ailleurs je me suis tu.

44

La directrice planifiait toute notre journée. Il n'était pas prévu de moments inoccupés. Son obsession à nous voir déféquer chaque matin égalait sa hantise de nous surprendre à ne rien faire. Avec elle, il fallait faire. Il fallait remplir le temps, l'espace, les pots de chambre, contrôle à l'appui.

Ce qui explique pourquoi les seuls bons souvenirs que je garde sont ceux pendant lesquels je ne faisais rien. Le coucher de soleil volé en déplaçant le rideau avec deux doigts quand je dormais dans le dortoir des garçons. Les douches de ma sœur pendant lesquelles j'avais enfin le privilège – qui n'entrait plus dans aucune case du règlement, dès lors que la directrice s'affairait à faire monter la tension à la cuisine avant le dîner – de devoir rester sur notre lit-canapé. Les réveils nocturnes, toujours sur le lit-canapé d'où j'entendais la directrice incendier l'homme d'enfants qui avait dû faire des siennes ou bien se plaindre de sa muselière. Ces moments-là, j'éprouvais une liberté inouïe, née de ce vide où tout devenait possible. Puissance liée au fait d'être affranchi de tout et de tous.

Je flottais. Hors d'atteinte. Délié de toute obligation. Je dominais toutes les activités à la fois. J'étais goal et buteur au terme d'un incroyable exploit qui me faisait percer les lignes adverses. Mieux, je me voyais en train d'incendier l'arbitre et surtout l'arbitre suppléant. À croire que je ne dominais qu'en m'humiliant. Ou bien je devenais le maître de tous les jeux de société, tout le monde tombait dans mes hôtels et je faisais sauter la banque avec toutes les suites qu'on imagine pour le responsable des opérations qui ne pouvait plus satisfaire mon besoin de cash. Enfin, je gueulais « Couché ! » aux six de la chambre de la bru, sous les vivats du couronnement d'un spectacle où les rires le disputaient aux encouragements dans mon combat contre six clébards que j'humiliais l'un après l'autre.

Puis, au bout du mirage, je me vis en train d'exhorter la directrice et l'homme d'enfants à déchaîner leurs brimades, spécialement sur mon frère et ma sœur que je leur ordonnais de parquer sans attendre. Laquelle sœur arriva au moment précis où je venais d'inventer une cache d'où observer en toute quiétude les filles dans la douche. « Pousse-toi de ma place ! » me réveilla-t-elle. Je m'exécutais en m'excusant. Fini mon escapade. Mon rêve diurne. Mon phantasme de faible. Ma sœur revenue à mes côtés sur le lit-canapé, je retombais dans mon inexistence.

45

Si la porte de la chambre du frère aîné était toujours fermée, celle de sa sœur cadette ne l'était jamais. C'était d'autant plus étrange qu'elle ne manquait aucune occasion de nous exprimer la gêne que nous lui causions, affichant un rictus ostensible de dégoût chaque fois qu'elle passait devant nous. Elle mettait de la musique quand nous allions nous coucher, à peine le moniteur ou la monitrice partis. Elle laissait allumées toutes les lumières de sa chambre. Nous la gênions, alors elle nous gênait. Enfin, ça n'est pas tout à fait exact car elle n'agissait ainsi que si ma sœur partageait avec moi le lit-canapé.

Quand je m'y trouvais seul, en revanche, c'était un autre monde. Sa porte, toujours entrouverte, l'était un peu plus. Et ces quelques centimètres supplémentaires qu'elle mettait à ma disposition pour la découvrir changeaient mon rôle. D'imposteur, je devenais spectateur. Je me retrouvais au théâtre. Aux premières loges, qui plus est. Elle m'ignorait souverainement pour bien me faire sentir que je n'existais pas et pourtant je sentais qu'elle jouait pour moi, à défaut de jouer avec moi. Nous ne pouvions de toute façon pas jouer ensemble. Différence d'âge. Différence de rang. Différentes solitudes. Nous étions tous les deux très seuls. Elle, dans son immense maison constamment surpeuplée d'enfants en transit qui la craignaient ou l'ignoraient ; moi, assigné à une espèce de sœurvitude bancale dans ce cul-de-sac qui ne faisait pas vraiment partie du home.

Nous n'avions rien à nous dire ni à nous faire. Une erreur d'aiguillage nous avait jumelés dans un des seuls endroits où ne s'aventuraient aucune loi, aucun enfant ni aucun adulte, si ce n'est, pour ces derniers, à des heures bien prévisibles : le matin au réveil-thermomètre et le soir pour éteindre la lumière du couloir.

Elle jouissait de la liberté des invisibles. Je jouissais pour ma part de la liberté des inclassables. Les jokers. Ceux qui ne rentrent plus dans aucune case. Et nous sentions l'un et l'autre imperceptiblement que dans ce mou-là, dans ce territoire inexploré, cette équation imprévue, peut-être la seule à laquelle la directrice n'eût pas pensé, il était possible de créer un lien. Pas avec des mots. J'en étais incapable et elle le savait. Une forme nouvelle de chanson de geste : sans le son. De ma guette, le spectacle était singulier : j'avais l'image de la fille avec le son télévisuel du père. La vulgarité du commentateur rendait son mime d'autant plus délicat.

Ça se passait donc les jours pairs, quand ma sœur prenait sa douche. Nous avions une heure ensemble elle et moi. Une heure où nous nous disions ainsi beaucoup sans échanger la moindre parole. Chacun son rôle. Elle, l'exhibitionniste gracieuse qui feignait de ne pas s'exposer, et moi, le voyeur immobile qui feignait de ne pas regarder. Elle affichait toujours autant de mépris à vaquer dans sa chambre, comme si j'étais quantité négligeable, mais elle ne m'en faisait que mieux sentir mon rôle au centre de son monde. Ce que nous faisions n'était pas interdit. Mieux : cela m'était réservé. Nuance fondamentale qui faisait de moi un privilégié, un soir sur deux. Et plus elle m'ignorait le reste du temps, plus sa parade me donnait de l'importance. En tout cas, elle me fascinait.

Elle savait que son père était collé au téléviseur et sa mère à la cuisine. Il était fréquent qu'elle commençât par se mettre en tutu, davantage pour se dévêtir devant moi que pour danser. Et puis, juste avant le dîner, elle ôtait son tutu et se revêtait. La chorégraphie, inventée à mesure, déroulait des figures libres qui jouaient avec l'embrasure de la porte. Figures qui avaient le don de m'embraser.

Le symbole qu'elle incarnait – être la fille des directeurs – allié au mépris souverain qu'elle me manifestait le reste du temps rendaient la scène encore plus excitante. La façon dont elle faisait voler ses vêtements, planer son tutu en s'arrangeant pour être à moitié visible, à moitié cachée m'écarquillait les yeux. Le plus extravagant, c'était quand elle me regardait comme si elle regardait le vide. Comme si j'étais un cinquième mur. J'en restais pétrifié. Je me disais que si je bougeais un cil, elle me verrait et arrêterait immédiatement. Jusqu'à ce que je comprenne que ce n'était pas moi le vide mais tout simplement son regard. Car sous son air sauvage et dédaigneux palpitait un abandon qui venait se blottir contre le mien. Au fil de ces représentations improvisées, aussi attendues sur la scène que réclamées dans la salle, tendresse et complicité naissaient entre nous. Parfois même, cette intimité débordait et nos regards s'effleuraient ailleurs, dans d'autres couloirs.

Une façon de confirmer notre rendez-vous. De rendre notre secret plus troublant.

Comme souvent, ce n'étaient pas les femmes qui étaient à craindre au home mais bien les hommes.

46

Ce fut mon premier cours de piano. J'étais là, posé sur mon lit-canapé, abandonné de ma sœur happée par une activité sportive réservée aux filles. Le frère aîné passa comme d'habitude à deux cents à l'heure et claqua comme d'habitude la porte de sa chambre. Quelques minutes plus tard, il ressortit pour aller aux toilettes et, comme il le faisait souvent, il urina porte grande ouverte. Était-ce pour me signifier que je n'existais pas ou qu'il me méprisait au point de me pisser dessus ? Toujours est-il qu'en sortant de la salle de bains, il s'arrêta et me vit, sembla-t-il, pour la première fois.

Il me demanda mon nom et mon âge. Je répondis mécaniquement, certain que la conversation s'arrêterait là : j'étais forcément transparent à ses yeux. Puis il me demanda pourquoi je ne faisais rien. Je marmonnai que je n'avais rien à faire. Il devait avoir quinze ou seize ans et cachait de tout son corps le jour qui venait de la salle de bains. Du coup, son visage dans l'ombre, il paraissait plus grand et plus effrayant. J'eus pourtant confiance quand il me fit la proposition saugrenue d'un cours de piano.

Je le précédai dans sa chambre. Il referma la porte derrière nous, mais, cette fois, sans la claquer. Il me demanda ce que je connaissais comme musique. Je lui répondis que nous n'en écoutions pas à la maison. Jamais ? Jamais.

Après un long silence au bout duquel je crus qu'il allait me chasser de sa chambre, il s'assit derrière son piano et me joua un petit morceau assez rythmique. Il m'expliqua que c'était du jazz, que c'était la seule chose qui l'intéressait et que c'était pour ça qu'il travaillait des morceaux classiques : pour être un grand pianiste de jazz. Puis il rejoua son morceau de jazz et me demanda si je voulais l'apprendre. Je lui répondis oui. Alors il se leva, m'invitant à prendre sa place devant le piano, ce que je fis.

La première note était jouée avec le pouce. Et puis il fallait en jouer, tout de suite après, deux autres simultanément avec l'index et l'annulaire. C'était mission impossible : le pouce m'obéissait, l'index nettement moins, quant à l'annulaire, il me donnait l'impression d'être handicapé. Il me fit répéter ces trois premières notes plusieurs fois puis éclata de rire en me disant qu'on voyait bien que je n'avais jamais écouté de musique de ma vie.

C'était très humiliant. Je regrettais d'avoir accepté son invitation. Je cherchais les mots qui me permettraient de m'esquiver mais il ne m'en laissa pas le temps et me demanda d'aller prendre une partition dans son placard derrière nous. Je me levai, l'ouvris mais je ne vis que des vêtements et puis plus rien car il me poussa dedans et referma aussitôt. Mon premier réflexe fut le sourire lâche de ceux qui croient qu'en souriant ils vont s'attirer les faveurs de leur bourreau alors qu'ils ne font qu'accroître leur mépris, et puis je réalisai qu'il ne servait à rien de sourire puisqu'il ne me voyait pas.

Au début, j'étais bien dans ce placard. Un peu comme aux toilettes. Protégé par une porte close et par un entracte que personne n'était en droit de m'écourter. Ce sentiment de bien-être dura de longues minutes pendant lesquelles je sentais l'odeur de ses chaussures, touchais quelques-uns de ses vêtements et pris une position que je jugeai somme toute assez confortable. Puis je réalisai qu'à la différence des toilettes, la clef ne se trouvait pas à l'intérieur. Mon cœur s'emballa. Je me redressai. Je me cognai violemment le crâne à la barre sur laquelle étaient crochetés ses cintres. Je hurlai son prénom plusieurs fois : personne. J'entendais ma voix m'étouffer. Aucun bruit dans la chambre. Je criai toujours plus fort et je commençai à taper contre les portes du placard, au début pour faire du bruit, puis avec les pieds dans l'espoir de les faire céder. Mais elles tenaient et je fus pris d'une panique que je n'avais jamais connue auparavant. C'est sûr, j'allais mourir. À cause d'une leçon de piano. Et personne ne le saurait jamais.

Quand il m'ouvrit, j'eus l'impression de sortir d'un cercueil. Il m'assit sur le lit en s'étonnant de ma blancheur. Il était parti se faire une tartine à la cuisine et c'était juste une blague. J'acquiesçai, comme toujours, mais cette fois seulement de la tête car je me sentais incapable d'articuler le moindre mot. Il me prit dans ses bras, me dit qu'on était amis et que c'est pour ça qu'il avait voulu me faire une farce.

Nous reprîmes la leçon où nous l'avions laissée. Mes doigts jouaient mais moi je n'entendais plus rien.

Le mariage de l'incertain et de l'anodin : c'était ça le home. Les bons moments qui passent de promesses à sévices. Vos bourreaux qui vous délivrent. Bref, la menace perpétuelle du naufrage sur mon lit-canapé. Ma nouvelle vie. Une vie mutique, comatique, presque automatique, qui allait durer éternellement.

Troisième partie

Le puzzle

47

Journal sans lieu ni date

Ce fut comme un cri dans la nuit. Sauf qu'il faisait jour. Et qu'il n'entendit rien. Il regarda par la fenêtre : la rue était déserte. Il alla ouvrir la porte : personne. Il sentit la moiteur de sa main sur la poignée froide. Il referma en espérant qu'elle ne lui glisserait pas entre les doigts. Car tout semblait lui glisser des doigts. Enfin, pas tout, l'essentiel.

À soixante-cinq ans, il avait réussi sa vie : son dernier enfant était médecin, il avait fini de payer sa maison, son divorce, une formalité, et son chien était mort une nuit sans souffrir. Il était enfin seul. Il était enfin libre. Le décès de son chien terminait un puzzle immense : soixante-cinq mille pièces. Et elles étaient toutes là, posées à plat devant lui : le grand dessin de sa vie. On le félicitait pour sa constance. On l'enviait. Aujourd'hui, à soixante-cinq ans on est encore jeune et il avait déjà tout accompli.

Il regarda son puzzle, satisfait, et entendit à nouveau ce cri. Fenêtre, porte : toujours rien. Le cri venait du puzzle. Il ajusta ses lunettes, se pencha, et constata qu'une pièce manquait.

48

Si je dis je, si je date ce journal et si je note le lieu d'où j'écris, la pièce continuera de m'échapper. Elle se joue de mes certitudes. Elle s'en sert même. Plus je construis, plus je bétonne, plus elle me manque. Pour la repérer, il va falloir que je m'affranchisse du temps et de l'espace. Il faut que je devienne comme elle : imprévisible et illogique. Invisible et omniprésent.

Un état des lieux s'impose. Sans concession. Un journal, c'est ça. On y dégueule son estomac, son cœur, sa tête. C'est moins cher qu'un psy. Sauf qu'il faut trier les morceaux tout seul. Pas toujours évident. J'irai chez le psy plus tard. J'irai consulter quand j'en serai arrivé à dégueuler mon âme. Là, on ne peut plus trier tout seul. Je ne sais même pas si l'âme se dégueule en morceaux. Peut-être que c'est liquide l'âme. Ou sans consistance. Comme cette pièce de mon puzzle. Un manque insondable. Un point d'interrogation sans phrase. Auquel j'aimerais tordre le cou. Un point d'interrogation qu'il faudrait réduire à un point. Après le mot « Fin ».

49

Journal sans lieu ni date + 1

Il referma son cahier. Puis le rouvrit et inscrivit sur la première page : « Journal du Puzzle ». Il ouvrit le tiroir où il rangeait toutes ses chaussettes et y posa son cahier. Il sortit de sa chambre et y revint quelques minutes plus tard pour cacher le cahier cette fois sous les chaussettes. Il ouvrit et referma le tiroir à plusieurs reprises pour s'assurer qu'on ne voyait plus le cahier.

Assis à son ordinateur, il ouvrit son calendrier virtuel et inscrivit, de sept heures à sept heures trente, « Écrire Journal du Puzzle ». Il cliqua sur « répéter l'événement » et choisit dans le menu déroulant « chaque jour ». Il dut déplacer « Petit déjeuner » qu'il avait programmé de sept heures et quart à sept heures quarante-cinq. De toutes les façons, le quart d'heure vide entre « gym : 6 h 30-7 h » et « Petit déjeuner : 7 h 15-7 h 45 » l'avait toujours dérangé. Désormais tout faisait bloc : gym-journaldupuzzle-petitdéjeuner. Il assigna une couleur différente à chaque événement et alla prendre son petit déjeuner.

50

« Journal sans lieu ni date + 1 » ne fait pas sens. Cependant. Il y a avant, et après l'enquête. Ce journal, c'est mon enquête. Ce journal, c'est ce type de soixante-cinq ans qui n'est pas moi mais me permet de l'être. Ces jeux de rôle m'épuisent mais je n'ai pas le choix. Ce type est mon dernier rôle. Va m'accoucher. Ce type est mon Sherlock Home.

J'aimerais pouvoir fermer les yeux. Pour ne plus voir la pièce manquante. Pour ne plus voir son trou bizarre qui m'aspire. Dans mon sommeil. Je suis debout devant les soixante-quatre mille neuf cent quatre-vingt-dix-neuf pièces du puzzle. Je vois le trou. Je ne m'en sors plus tout seul. J'appelle un ami pour le lui montrer mais, à peine arrivé, il prend une pièce à l'endroit du trou et me la montre. Enfin c'est ce qu'il dit. Parce que le trou est toujours là et que cet ami m'a toujours menti. Je l'engueule et je le fous à la porte.

Putain ! C'est comme ça que j'aimerais appeler ma mère. Mais c'est maman qui sort. Parfois maman chérie. Et ma rancœur est parfois si forte que je me dis que la pièce manquante, c'est elle. Il faudra que je la confronte un jour. Au trou. Si j'en ai le courage. Je ne l'ai pas.

51

Journal sans lieu ni date + 2

Cette fois, il enfila son journal dans un pull qu'il plaça sous sa pile de pulls. Le téléphone sonna :

— Ah, salut !

— …

— Non, t'es gentil mais non, là je me cours après ; tu sais ce que c'est…

— …

— Une autre fois ; on fera ça une autre fois. Quand j'aurai sorti la tête de l'eau…

— …

— Ouais… absolument… merci, merci…

Il raccrocha et alla immédiatement chercher son journal.

52

Ça n'est pas l'heure du journal mais on s'en fiche car dès lors qu'il n'y a ni lieu, ni date, je ne vois pas pourquoi il devrait y avoir une heure précise. Je vais virer cet événement de mon calendrier.

En attendant, il faut que je dégueule ce qui vient d'arriver, là, tout de suite. J'ai envoyé balader un ami. Mon puzzle est truffé d'amis. Grâce à eux, beaucoup de pièces se sont trouvées. Il va falloir que je m'organise pour vivre seul. Sauf qu'à chaque fois que je fais ça, ça pue la pièce manquante.

Je vais me créer de faux rendez-vous. Avec moi-même. Ils me fourniront de bonnes raisons de jeter les autres. Et de mener l'enquête. À fond. Et puis il faut que j'amène ma mère, jusqu'au trou.

53

Journal sans lieu ni date + 3

Il posa sa mère dans un angle pour l'empêcher de fuir. Il avait préparé deux pages de questions. Il regardait cette femme dont il sortait. Ils ne se ressemblaient pas. L'avait-elle adopté ? Ça ne faisait pas partie des questions.

— Maman… est-ce que tu aurais quelque chose à me dire que tu ne m'as jamais dit ?

— …

— C'est pas une réponse !

— …

— Maman : je te repose la question autrement. Est-ce qu'il y a quelque chose que tu n'as jamais osé me dire ?

— …

— C'est sans rapport avec la question que je te pose !

— …

— Maman : arrête de répéter la même phrase !

Il continua de jouer la scène devant son miroir. Ses questions sonnaient mal. Et cette idée de vouloir la coincer dans un angle ne l'enthousiasmait pas. Elle était trop âgée. Il aurait dû la cuisiner plus tôt. Maintenant, ce serait du sadisme. Il décida de ne pas aller la voir.

54

Je me protège mal, je finis toujours par céder. Et je dîne chez untel. Et je me fais suer chez cet autre couple d'amis. Société dilatoire qui m'empêche de saisir la pièce manquante par les deux bouts. À partir de maintenant, je vais refuser TOUTES les invitations.

55

Journal sans lieu ni date + 4

Il alla tout de même voir sa mère. Elle lui avait souvent dit : « Tu peux tout me dire mon chéri. » Il avait huit ans.

— Peux-tu tout me dire maman ?
— Pourquoi me dis-tu ça comme ça ?
— Parce qu'il y a très longtemps, tu m'avais dit que je pouvais tout te dire et aujourd'hui, j'ai besoin que tu me dises tout.
— Tout quoi ?
— Tout ce que tu sais maman. Tout ce que tu sais et que je ne sais pas.

Elle ne lui dit rien. Rien d'important. Elle lui répéta, comme elle l'avait toujours fait, qu'elle était fière de son parcours et que de ses trois enfants, il était celui qui lui avait apporté le plus de satisfaction. Elle lui rappela que son père ne tarissait pas d'éloges à son sujet.

Ses proches, plus que tous les autres, l'avaient prédécoupé en un puzzle parfait. Impossible pour eux d'accepter qu'une pièce manquât. Il faisait fausse route. À cet instant, il haït sa mère.

— C'est la dernière fois qu'on se voit !

Il se leva brusquement mais elle lui attrapa le poignet.

— La lettre…
— Quoi « la lettre » ? Quoi ?
— Il y a une lettre sur mon bureau.
— Et…
— Elle est pour toi.

56

Pas pu partir en train. Pas pour cette destination. J'ai loué une voiture et j'ai filé dans la nuit. J'ai roulé sur des émissions de radio que je ne connaissais pas. La nuit, le rythme des ondes est différent. Moins d'infos. Comme si on lâchait la bride aux journalistes. Radio libre.

Les voix sont graves. Les invités ne sont pas interrompus. On a l'impression qu'ils nous parlent. Vers deux heures du matin, l'animateur s'était déchaussé et, assis à la place du mort, conversait de sa voix lente et désintéressée. La voix sortait de l'enceinte droite, réelle.

De toute façon, je n'écoutais pas. La radio parlait fort pour m'éviter de m'endormir. Pourtant, elle me berce, je la laisse. Pas envie de penser.

La lettre n'était pas pour moi. D'ailleurs, ça n'était pas une lettre. C'était un mot de ma mère. Qu'elle ne m'aurait peut-être pas donné si je ne l'avais menacée de ne plus la voir. Elle y avait inscrit l'adresse d'un hôpital. Celui où se mourait la directrice.

57

Journal sans lieu ni date + 5

Il s'était finalement endormi sur l'autoroute. Et malgré l'inconfort, il avait dormi profondément. Trop. Un de ses cauchemars tenaces : être tellement en avance qu'il se met en retard.

Il lui restait dix minutes avant la fin des visites. Son GPS indiquait seize minutes. Il ne s'agissait plus pour lui d'aller faire avouer la directrice sur son lit d'hôpital : il lui fallait désormais vaincre le temps. Le temps scientifique. Le temps imperturbable. Le temps qui se fout des puzzles troués ou pas. Le temps qui respecte la loi : celle du trafic routier, des limitations de vitesse et des feux de circulation.

Il ne pouvait vaincre le temps qu'en enfreignant la loi. Enfreindre une loi pour en respecter une autre : celle des heures de visite à l'hôpital. Existe-t-il une hiérarchie des lois ? Certainement, et sur cette échelle-là, le règlement intérieur de l'hôpital figurait bien en deçà des lois de la circulation routière. Mais cette hiérarchie s'appliquait aux hommes et femmes vivant en société. Pas à lui.

N'importait désormais que sa loi. Celle du temps qui passe. De tout ce temps qui avait passé pour rien. Étrange peau de chagrin que cette pièce de puzzle dont la loi consistait à s'agrandir. Il devait retrouver la pièce, la loi du talion le lui intimait, ou tout au moins trouver celui ou celle qui la détenait. Et cette poursuite passait par la case « Directrice ». Il ne pouvait en être autrement. Car elle était coupable, sinon témoin. Et il est des situations où un témoin est coupable d'avoir été témoin. Coupable d'avoir été témoin sans avoir témoigné à temps. Complicité de crime vaut crime.

Il lui restait sept minutes. Le GPS indiquait onze minutes. Il avait gratté deux minutes. Cela l'encouragea : continuer, rouler à quatre-vingts en pleine agglomération, ne pas s'arrêter aux stops et brûler les feux orange cramoisi.

16 h 54. Pourquoi le temps passait-il si lentement alors qu'il était si pressé ? 17 heures, c'est l'heure à partir de laquelle on ne peut plus rentrer à l'hôpital ou à partir de laquelle les visites prennent fin ? Pouvoir franchir le seuil de la chambre de la directrice avant l'heure fatidique. Il négocierait le bout de gras une fois dans l'enceinte de l'hôpital. Ça, il savait faire.

16 h 56. Six minutes au GPS. Encore deux minutes de gagnées. Contraint de s'arrêter au feu à cause d'une voiture devant lui, il s'aperçut que le trajet du GPS faisait faire une grande boucle : il lui faudrait aller tout droit puis prendre à droite, puis à nouveau à droite, pour finalement revenir sur ses pas dans une rue parallèle. Absurde ! Il avait dû cocher « Voies rapides » dans les préférences au moment de la mise en route de l'appareil. Les voies rapides prennent souvent plus de temps. Toujours arrêté au feu rouge, il vit l'hôpital sur la droite, juste au bout d'une petite rue piétonne dans laquelle il s'engouffra dès que le feu passa au vert. Le GPS se mit à parler de façon indistincte et son écran se figea, comme surpris par tant d'audace.

16 h 58. GPS HS. Cent cinquante mètres : grille de l'hôpital. Cent cinquante battements de cœur par minute. Il se fait insulter par un piéton. Puis deux. Puis trois. Il voit dans son rétroviseur l'un d'eux noter sa plaque. Il s'en fiche : c'est une voiture de location. Il voit le même type hurler et s'agiter. Pourtant, il conduit trop lentement. Grilles de l'hôpital à cent mètres. Battements à deux cents. Lui qui n'a jamais les mains moites, il a les mains moites. Et l'anus qui suinte. À cause des cris de plus en plus stridents du piéton délateur. À cause des commerçants qui commencent à sortir de leurs boutiques et qui se mettent à l'injurier à leur tour.

16 h 58. Soit sa montre est détraquée, soit c'est la plus longue minute de sa vie. Grille de l'hôpital à cinquante mètres. Palpitant qui bat la mesure pour Charlie Parker. Il sourit : une rue à traverser et il sera dans l'enceinte de l'hôpital. Il sera dans les temps. Il le sait. Personne n'osera le suivre à l'hôpital. Tout le monde comprendra pourquoi il a dû prendre ce raccourci. Après l'immunité diplomatique et parlementaire, l'immunité hospitalière. Un passeport de la douleur qui permet de franchir les frontières en VIP avec les membres d'équipage. Aujourd'hui, il est le pilote de sa vie.

Vingt mètres à parcourir de la plus longue rue piétonne du monde. On dirait que le délateur court de plus en plus vite. Il prend toute la place dans le rétroviseur. Il hurle de plus belle. De nombreux commerçants jouent les héros et font mine de se placer devant sa voiture comme les étudiants de la place Tian'anmen.

16 h 59. Huit mètres environ. Peut-être même six. Et l'autre fou qui se rapproche à bout touchant. Une foule toujours plus compacte autour du véhicule. On se croirait au Pakistan.

Il lui restait trois mètres à parcourir quand il vit les plots émerger du macadam et lui barrer la route. Il bloqua les portes du véhicule et fut rassuré de voir la police arriver.

58

J'ai toujours rêvé de me retrouver en prison. J'ignorais que le délit de « conduite sur voie piétonne » pouvait y mener. Il paraît qu'il y avait également un sens interdit. Je ne l'avais pas vu, je le leur ai dit. Ils ne m'ont pas cru. Un flic, c'est comme un bon journaliste : ça s'attache aux faits. Ça n'emploie ni adjectif, ni verbe, ni adverbe. Sens interdit. Rue piétonne. Pas le genre de type à qui on peut expliquer qu'on est à la recherche de la pièce manquante d'un puzzle qu'on croyait avoir terminé.

Je ne pipe pas mot de ma visite à la directrice. Ils pourraient aller l'interroger et ça gâcherait mon effet. J'essaie de leur faire croire que j'ai pris la rue piétonne à la suite d'un malaise cardiaque et que, partant, il me fallait arriver à l'hôpital au plus vite. J'essaie de leur faire le coup de l'ambulance. Mais ils n'arrivent pas à concevoir qu'on puisse être à la fois l'ambulancier et le patient. Et puis, comme ils sont trois à me harceler, je m'emmêle vite les pinceaux et je finis par avouer qu'ayant tout fait comme il faut tout au long de ma vie, le jour de mon premier infarctus, l'envie m'a pris d'une infraction. Là, ils m'ont jugé sincère et ont arrêté de me poser des questions.

Un bon mensonge vaut mieux qu'une mauvaise vérité. Suffit de deviner ce que le type assis en face de vous a envie d'entendre. Ma version leur convenait. Ils m'ont relâché le jour même. Trop vite. J'avais besoin de cette réclusion pour faire le point. Ils m'ont sermonné. Ils m'ont fait promettre de ne pas recommencer. J'étais redevenu un petit garçon. Preuve que la directrice n'était pas loin.

59

Journal sans lieu ni date + 6

Il demanda à rester en prison quelques jours de plus. On lui répondit en secouant la tête et en haussant les épaules qu'il n'était ni à l'hôtel ni à l'Armée du Salut. Il signa un document, reprit ses effets personnels, dont les traditionnels lacets de chaussure : pourquoi se suiciderait-on pour avoir emprunté une rue piétonne ? Et comment se suicide-t-on avec un lacet ?

Il sortit de la prison un plan en main, qui indiquait où se trouvait sa voiture. Il dut payer une forte somme pour la récupérer puis une autre quand il la rendit à la société de location un jour trop tard et dans une autre agence que celle qui avait été prévue.

Il pleuvait. Il pensa à la directrice qui n'aimait pas qu'on rentrât trempé de promenade. Le ressac de la mémoire vous fouette violemment sans sommation. Debout sous la pluie, dans une rue fausse garnie de magasins de vêtements et inondée d'une musique insipide, lui revint l'image de la directrice inspectant ses troupes au retour des promenades. Car s'il fallait rester le plus sec possible à l'extérieur, même par temps de pluie, c'était encore plus nécessaire à l'intérieur. Elle glissait sa main froide et rêche au niveau du cou des enfants qu'elle vérifiait ainsi pour repérer ceux qui étaient en nage. Ceux-là restaient dehors pendant que les autres, les secs de l'intérieur, pénétraient dans le vestiaire.

L'angoisse faisait perler quelques gouttes de sueur sur le front de certains enfants, qui aggravaient leur cas : la prison crée de la prison. Silence. La sueur abondait. La monitrice restait dehors avec les enfants. Elle aussi espérait passer entre les gouttes. Se taire. Un axiome vite compris. Moniteurs et enfants. Et puis la voix de la directrice s'élevait : être en nage était la meilleure manière de tomber malade, c'était bien la peine qu'elle se donne tout ce mal. Première sanction : privé de goûter. Seconde : sécher immobile dans le vestiaire.

Il se revit dans ce vestiaire sombre, assis à côté d'autres enfants mis à sécher. Seule consolation : c'était maintenant la main de la monitrice, plus chaude et plus douce, qui jaugeait l'hygrométrie de chacun.

Un flot de haine l'envahit et il allongea le pas vers l'hôpital.

60

Je me suis arrêté devant la grille de l'hôpital. J'ai marché trop longtemps, trop vite. Je suis en nage. Sous les bras. Sur le torse. Dans l'anus. Je suis furieux. Je perds pied. Pas la meilleure posture pour confondre la directrice. Putain : cette petite bonne femme me fout toujours autant la trouille !

Je vais attendre d'être sec avant de monter la voir.

61

Journal sans lieu ni date + 7

Il se dirigea vers la réception de l'hôpital. On lui demanda son nom. Il donna son prénom.

— C'est votre nom ou votre prénom ?

— C'est mon nom.

Il mentait. Pour la deuxième fois. Protection. Si proche du but. Ne pas se découvrir. Avec son prénom, il ne mentait qu'à moitié.

— Les visites sont réservées à la famille.

— Je suis son neveu.

Re-mensonge. Il resta assis trois quarts d'heure dans l'entrée de l'hôpital. Sans feuilleter de magazine. Ni regarder les patients qui attendaient. Il prenait ce séchage très au sérieux. Pour la première fois, à soixante-cinq ans, il séchait de plein gré. Différence colossale. Du coup, il constata que sa peur s'évaporait avec sa sueur.

Après avoir essayé de le vaincre, il avait bien fait de prendre le temps. Les grands prédateurs patientent. Il revit ce documentaire où un léopard était resté plusieurs heures à quelques mètres d'un impala, avançant centimètre par centimètre. Lui avait voulu aller trop vite et cela lui avait coûté la prison. La vie est bien faite si elle sert de leçon. Désormais, il avancerait à son tour centimètre par centimètre.

L'opération était d'autant plus périlleuse que, dans son cas, c'était l'impala qui attaquait le léopard. Un léopard certes âgé, femelle, malade, à sa dernière heure peut-être, mais un léopard tout de même. Est-ce que le coup de sabot d'une antilope suffit à renverser un félin ? Et la menace d'un coup de corne, à lui faire desserrer les crocs ? L'impala est connu pour sauter haut et loin, zigzaguer et prendre la fuite, jamais pour provoquer ses prédateurs même affaiblis.

C'était pourtant ce que sa psy lui avait dit de faire : « Affronter son passé pour comprendre son présent et espérer éclaircir son avenir. » Tout un programme ! Il se leva sec, appuya sur le bouton de l'ascenseur et sourit. Il allait enfin savoir.

Le combat n'était pas égal. Il aurait aimé l'avoir valide en face de lui. Il aurait aimé pouvoir crier, hurler, l'insulter d'entrée de jeu. L'électrochoc qui la ferait passer à table. Il était fatigué de vomir. À elle de dégueuler sa vérité !

62

Je suis monté au sixième étage de l'hôpital. Sa chambre est au deuxième. Chambre 203.

Et si tout ça n'était que mirage, effet d'optique, fata morgana ? Ai-je le droit de m'acharner sur une vieille dame en fin de vie parce que je pense avoir connu l'éclipse de ma prime enfance ? Et si ce n'était pas elle la cause, le corps occultant ?

Pauvre con ! T'es qu'un trouillard qui va dans son journal intime en le prenant pour son intimité. Arrête de te coucher sur ton papier ! Tu tournes en rond ! Arrête de gratter ta feuille et ta plaie ! Pose ton stylo et va au contact !

63

Journal sans lieu ni date + 8

Il choisit de prendre l'escalier pour redescendre au deuxième étage. Il salua la première infirmière qu'il croisa comme s'il la connaissait, pour éviter d'avoir à répondre à ses questions. Marre de mentir.

La porte de la 203 était entrouverte. Il entra. La surprendre. Ce fut lui qui fut surpris.

Elle dormait. Il se souvenait qu'elle n'était pas grande mais là, elle paraissait minuscule. Comme un oisillon récupéré à terre et posé dans une immense boîte à chaussures. Mais ce fut sa beauté qui le surprit le plus. Il s'attendait à voir un monstre et il retrouva une princesse. Son visage surtout. Le beau visage des femmes âgées qui ont su s'épargner la chirurgie esthétique. Le beau visage des femmes non maquillées. Ses cheveux blancs renforçaient cette impression.

Il cogna son lit en déplaçant une chaise pour venir s'asseoir à ses côtés et elle ouvrit les yeux. Eux aussi saisissaient. Ils paraissaient immenses dans ce visage émacié. Seule sa tête émergeait du lit, ce qui réduisait d'autant son corps. Tubes, sondes et autres cathéters la perforaient de toutes parts sous le voile pudique du drap.

Ils se regardèrent sans parler. Il entendait les mots si souvent répétés en prévision mais sa bouche était sèche et ses lèvres muselées. Elle avait tout d'un oisillon mais c'était bien elle le léopard. Lui, l'impala, à vie.

— Tu es venu…

De son filet de voix, elle avait bien dit cela : « Tu es venu… » Le volume était trop bas pour qu'il pût y déceler une question ou une affirmation. Il se sentit justifié. Il savait maintenant qu'elle savait. Il redevint léopard et approcha ses lèvres tout près de son oreille droite. Sa bouche fit le bruit d'une bouteille qu'on débouche et lui donna l'impression qu'il allait prendre la parole pour la première fois. Il faisait trois fois sa taille, cinq fois son poids mais ses tempes battaient la chamade. Il avait peur. D'entendre enfin tout ce qu'il savait ne pas savoir.

— Qu'est-ce que tu sais de moi ?

Ça y est. Il avait eu le courage de le dire. Et elle l'avait entendu. C'était lui le félin à nouveau.

— Je comprends pas…

Il la tenait. Il le savait. Maintenant, c'était elle qui avait peur. Pour la première fois.

— Si, tu comprends ! Il m'est arrivé quelque chose ! J'avais deux ans, ou moins ! Dis-le-moi avant de partir !

Elle ferma les yeux comme sous une vague. Quand elle les refermait, c'était tout son visage qui se repliait. Elle ressemblait à un escargot qui se rétracte dès qu'on l'effleure. Mais un escargot sans coquille.

Il crut un moment qu'elle allait trépasser devant lui. Il paniqua. Il n'entendait plus son souffle et ses yeux restaient clos. Il était sur le point d'appeler quand elle rouvrit les yeux, comme si elle venait de les remonter du puits de sa mémoire.

Il hurla :
— Dis-moi ce que tu sais !!!

Elle referma les yeux pour se protéger de ses rugissements. Des coups qui allaient pleuvoir sur elle.

Il regretta d'avoir crié. Il sentit l'huître se refermer : il ne saurait plus rien. Il ferma les yeux à son tour pour la suivre dans cette mémoire sans nom qu'ils partageaient.

— Je suis trop fatiguée maintenant. Reviens demain matin, je te dirai tout.

Parce qu'il avait fermé les yeux, il entendit chaque mot distinctement. Il s'éclipsa à reculons.

64

Un jugement a été mis en délibéré. Dans une affaire dont je suis la victime et le procureur. Je saurai ça demain matin.

Mon cauchemar va finir. À moins qu'il ne débute. Juge déguisée en victime ? Complice ?

Cette histoire tourne à la farce et ressemble trop à la dernière de l'imbroglio en trois actes qu'a été ma vie. Je suis venu chercher des éclaircissements et tout devient opaque. L'intrigue devrait fournir des réponses mais renvoie une montagne de questions. Je n'en peux plus : ma vie est un navet sans fin.

Dans ce dossier, tous les rôles se confondent. Je suis la proie jouant au prédateur pour faire cracher au prédateur une vérité qui commence par : « *Je comprends pas…* » Un avocat commis d'office aurait tout de même trouvé mieux. Sauf que cet avocat, c'est sa cliente. Sauf que demain matin, cet avocat échangera sa robe avec le magistrat. Dont la robe est rouge sang. Mais a-t-on déjà vu un procureur s'accuser ? Pas impossible pour la magistrature couchée.

Je délire. Tenir jusqu'à demain matin. Mais quand même : un juge qui se déclarerait coupable serait aussitôt dessaisi de son affaire. Et sa décision, caduque. Enfin certain d'avoir raison, je la perds. Mon cauchemar qui enfle. Je ne saurai jamais ce qui est arrivé, pire, ce qui ne m'est jamais arrivé.

Car demain matin, la directrice s'acquittera. C'est certain. Elle trouvera un vice. De procédure. Ou médical : même assermentés, les experts se couchent. Irresponsable donc. Non coupable. Cauchemar, mais ça se plaide.

Les rôles se confondent et je dois impérativement faire la lumière avant demain matin. Qui est prédateur, qui est proie ? Qui est coupable, qui est victime ? Naître coupable et victime ? Un complice est-il coupable ou victime ?

C'est trop compliqué. Je suis à fleur de peau. Pas le moment qu'elle craque ! Le fantôme de l'homme rôde autour de son épouse. Elle est sur le point d'aller le rejoindre. Je dois simplifier. Chacun son rôle. Sinon, demain matin, je ne saurai pas qui écoute qui. Je risque d'être pris de compassion pour elle. Même si elle se condamne. Surtout si elle avoue. De gâcher son élan lâché avec son dernier souffle.

Il faut que je me « regroup », comme disent les Américains. Comment se regroupe-t-on quand on se sent si seul ? En pensant à l'homme d'enfants. À tout ce qu'il a déposé en moi de solitude. Même s'il n'a laissé aucune trace. Que fait-on des traces invisibles ? Ce sont ces traces-là qui rendent fou. On hurle aux gens : « Regardez, regardez !!! » Et comme les gens ne voient pas, ils vous regardent et disparaissent. La pièce du puzzle. Je suis le seul à savoir qu'elle manque.

65

Journal sans lieu ni date + 9

Il prit une chambre d'hôtel à côté de l'hôpital. Il accrocha le signe « Do not disturb » à l'extérieur de sa porte qu'il barricada. Il fallait se préserver jusqu'au lendemain matin. Il décida de ne pas sortir. Rester cloîtré dans la 203. Utiliser le room-service.

Il sortit son journal intime de son petit sac à dos. Il s'attabla. Il décida qu'il écrirait jusqu'au lendemain matin.

66

J'ai demandé à la réceptionniste de me donner la 203. Il faut que je sois en phase avec la directrice. Idioties, ces histoires de rôles qui se confondent, de proie, de prédateur, d'avocat, de juge et de procureur ! Il faut que je me mette en condition pour accueillir ses paroles demain matin. Il faut que je sois en harmonie avec moi-même, si je veux être en phase avec elle. Il faudrait peut-être que je me repose, que j'arrête d'écrire ce journal.

Non, non : il faut que j'écrive ! Tout la nuit ! Pour être lucide quand elle me lâchera le morceau. Il faut que j'envisage toutes ses dépositions. Parce qu'il s'agira quand même d'une garde-à-vue. Cette fois-ci, je serai good cop. Même si ce qu'elle m'avoue est monstrueux, je saurai l'accueillir si je l'ai anticipé. Il faut que j'écrive sans m'arrêter jusqu'à demain matin. De toute façon, je ne vais pas dormir. Si je veux lui faire face en plein jour, je dois me faire face cette nuit. Il faut que je regarde la nuit droit dans les yeux, pour la première fois.

67

Journal sans lieu ni date + 10

Il écrivit des pages et des pages. Délirantes. Puis il les déchira. Il se prenait au jeu : écrire, déchirer, écrire, déchirer. Ça l'occupait. Il savait qu'il ne dormirait pas. Il laissa son stylo couler toute la nuit. Bonheur. Parce qu'il déchirait, il écrivait pour du beurre. Pour la première fois, il écrivait pour du beurre. Pour passer le temps. Dépasser son énigme. Il tiendrait la solution dans quelques heures.

À huit heures précise, son alarme sonna. Les visites commençaient à neuf. Une heure pour se préparer.

68

La voici devant moi : cette fois, c'est elle dans un lit, vulnérable, et c'est moi qui viens lui dire bonne nuit. Malgré tout, quand elle tourne son regard vers moi, je comprends qu'elle n'a toujours rien perdu de sa hauteur. Et c'est encore moi qui ai peur.

Je pose mon front contre le sien. Nous nous aimantons malgré nous. Je ne peux pas l'embrasser, trop violent, mais elle appelle mon contact. En un instant de lâcheté, je crois que nos fronts vont se déverser l'un dans l'autre, nous épargner la confession.

Avant que je dise le moindre mot, elle articule d'une voix sûre, inaudible : « *Écoute…* » Je colle mon oreille à sa bouche. « *C'est terrible. Il m'est arrivé la même chose quand j'étais petite. Il faut que tu l'écrives. C'est le seul moyen d'oublier.* » Non seulement elle avoue mais elle ne veut plus que ça se cache !

Ses mots sont restés gravés sur mon front et ils ont effacé toute rancœur. Répéter l'abus subi dans son enfance. Je ne connais que trop. La différence entre elle et moi, c'est que je n'ai infligé cet abus qu'à moi-même.

69

Je la regardai à nouveau. Ses yeux s'étaient scellés. Je sonnai l'infirmière qui appela un médecin. Elle venait d'entrer dans le coma.

Quatrième partie

Le coma

70

Je sors à peine du coma. Un coma paradoxal puisque j'entrevois d'enfin pouvoir fermer les yeux. Me reposer. Arrêter d'être sur le qui-vive. Arrêter d'avoir peur à chaque virage. À chaque porte qu'on ferme ou qu'on laisse trop grande ouverte. À chaque rencontre. À chaque mot que je n'ose toujours pas prononcer.

Je sors de ce coma très particulier où je n'ai cessé d'être éveillé. Éveillé mais impuissant. Éveillé mais comme anesthésié de la possibilité de me prendre par la main. Suffisamment éveillé pour être le spectateur lucide de mon propre abîme. Car je suis abîmé. Très. Spectateur impuissant mais conscient. Très. Conscient que je ne suis et n'ai jamais été qu'un spectateur. Un spectateur dont tous les sens sont interdits. C'est en cela que je suis dans le coma. Rien ne s'exprime. À part la peur. Une cécité d'un genre à part : je vois tout, mais je suis incapable d'articuler un mot car je suis convaincu que les autres ne m'entendront pas.

La première conséquence en est que je me suis organisé pour pouvoir vivre hors les autres. Persuadé que je n'existe pas pour eux, je suis infesté de rituels qui rythment ma vie pour me faire croire que j'existe. Je m'accorde rarement des dérogations, ou alors uniquement si elles peuvent permettre à mes rituels de perdurer. Ils sont ce vernis respectable grâce auquel je peux vivre seul sans éveiller la moindre suspicion. Ils sont, comme mes passions, le succédané d'une solitude intense justifiée par l'admiration d'autrui. Je suis workaholic et cela aussi est bien vu. Cet attrait des impasses épouse toutes sortes de formes acceptables. J'ai plusieurs professions pour éviter de penser. Je suis sportif et musicien, cinéphile et mélomane. Je me suis inventé mille vies car je n'en vis aucune.

Le « faire » à tout prix a creusé en moi un sillon des plus profonds. J'ai cinq cents films à voir, deux mille livres à lire. Autant d'occasions de ne rencontrer personne. Car je ne vais ni au cinéma, ni à la bibliothèque, ni même en librairie. Je les ai tous achetés à distance. Ils sont là, autour de moi. Classés. Empilés comme autant de murailles creuses qui se muent en tranchées censées me protéger d'un ennemi sans nom, un ennemi qui peut revenir.

Je refuse les invitations jusqu'à ce que l'on ne m'en envoie plus. Et puis, ça me manque, mais au moins, je me dis que je ne dois rien à personne. C'est l'essentiel et c'est effrayant. Je méprise tous mes semblables à peu près autant que je les envie.

En fait, ce coma, c'est un aquarium. Je suis constamment témoin d'un monde en marche qui se soucie fort peu de mon désistement. Je suis posé là, encastré, transparent, poisson castré. Au mieux je décore. Le plus souvent je gêne. Inutile.

71

La vie dans l'aquarium fut une expérience singulière. Par sa durée tout d'abord : à l'image de ces enfants nés en captivité dans une cave autrichienne, d'une mère qui pourrait être leur sœur dès lors que leur père n'est autre que son père à elle. J'ignore tout de la vie des autres et ne suis rythmé que par cet irréel quotidien fait de thermomètres, de tartines épaisses, d'ordres absurdes et de caresses violentes. J'ai l'impression d'être issu d'un monde tellement différent que j'en viens parfois à comprendre les détenus qui, à peine sortis, commettent sciemment un nouveau délit pour retrouver le plus rapidement possible le confort carcéral. J'ai moi aussi été tenté de replonger définitivement au home. C'est-à-dire de rentrer dans les ordres de la directrice.

Je dois confesser, toute honte bue, que j'ai aimé ce home d'enfants au-delà de tout ce qui est imaginable. Et comme les drapeaux de nos chambres, j'ai brandi haut son étendard. J'avais son discours officiel chevillé au corps. J'étais un prospectus vivant, à telle enseigne qu'il m'arrivait même de vanter les jus d'oranges pressées que je n'avais jamais bus et les croissants que l'on ne pouvait goûter que sur le fameux prospectus. Je n'hésitais pas à faire un panégyrique de la directrice et de l'homme d'enfants, louant la fermeté de l'une et la douceur de l'autre.

Je n'ai pu m'empêcher de hurler haut et fort combien j'aimais ce lieu quand je le haïssais au plus profond de mes entrailles. Le viol de ma petite enfance avait décomposé un chant de haine que je n'ai cessé d'assourdir sous des portées d'hymnes à la gloire de mes tortionnaires. J'en suis l'arrangeur officiel. Nos chefs de cœur nous interdisaient les dissonances. Que des quintes justes. Parfois des quartes. C'est la même chose à l'envers. On nous mettait en bémol. On nous façonnait l'oreille à coups de diapasons, d'intervalles trop grands, de contre-ut, de contretemps, d'homophonies ; on nous la débouchait jusqu'à ce que notre abnégation eût eu raison du moindre acouphène. Et quand nous n'y entendions plus rien, on nous plaquait l'accord parfait majeur, à nous les mineurs.

Dans l'aquarium, pas un son. Une bouche, pas pour chanter, des oreilles, pas pour entendre, sauf peut-être des sous-sons que s'envoient les poissons. Nous étions acoustiquement transparents. Nous n'émettions qu'un bruit blanc.

Pire : comme pour éteindre les canaris, on voilait chaque soir notre aquarium de noir. Ce voile pudique, quand ça n'était pas un drap sinistre, recouvre encore ces événements tragiques qu'on nous accuse d'avoir montés de toutes pièces quand on ne tente que d'en rassembler maladroitement les morceaux. De fait, les abus commis sur l'infans n'existent pas puisqu'à moins de six ans, on est pénalement irresponsable. On n'a pas l'âge de raison. Traduisez : on a toujours tort. Les actes n'existent pas. Preuve en est : on ne peut pas vous frapper d'une peine. Vous êtes déjà condamnés à vie. Ainsi, par un effet pervers prévu pour les pervers, un mur d'impunité entoure toute exaction commise sur un trop petit enfant : puisqu'il ne peut pas être coupable, il ne peut pas être victime.

Un témoin sans mots ne compte pas. Et l'on retombe dans le cercle des vicieux : soit forcé de ne rien dire, soit incapable de rien dire. Car les mâchoires se verrouillent d'autant mieux qu'elles sont meublées de dents de lait. Nous voilà inarticulables.

À force de ne rien pouvoir dire, l'obscurité s'installe. Aveuglante avec l'âge. On ne voit plus qu'elle. Ce qui n'arrange rien, car cette double cécité rend tout indécelable. Malgré tout, je suis quand même sorti de ce coma.

Ce sauvetage fut une entreprise. J'ai écouté, pendant longtemps. Mais je n'ai rien entendu. J'ai travaillé assidûment l'oreille absolue alors qu'on m'assurait qu'il s'agissait là d'un don de naissance. Or, c'est bien ce *la* que je cherche désespérément : ce don, pas si loin de ma naissance, qui m'a désaccordé la vie.

72

La libération est venue d'une femme. Elle m'a dit que je pouvais tout dire, même rien. Que, dans ce silence-là, je pouvais exister. Je l'ai laissée parler, car l'idée qu'on pût me vouloir du bien sans m'abuser m'était inaudible. Je lui ai d'ailleurs avoué que je n'entendais pas. Que je n'entendais rien à rien. Que je ne comprenais pas. Que je ne comprenais pas pourquoi je n'entendais rien. Elle me répondit qu'elle, elle entendait. Elle entendait tout ce que je lui disais et, vertu plus précieuse encore, elle entendait surtout ce que je ne lui disais pas.

Elle posa une condition : que je lui parle en toute confiance. Que je ne doute pas d'elle si je voulais parvenir à ne plus douter de moi. Condition irréalisable : je trouvai toutes sortes de prétextes pour fuir sa bienveillante oreille. Elle ne vit pas de délit dans cette fuite. Elle vit les larmes sèches que je contenais en moi. Elle vit les stratagèmes toujours plus inventifs que j'élaborais pour saper sa confiance, forcément feinte.

Elle comprit que j'avais l'abus vissé au corps et qu'il eût été vain de vouloir me l'extraire quand, à défaut d'abuseur, je m'abusais bien assez tout seul. Le bien qu'elle me voulait était pour moi tellement inconcevable que j'en vins à l'imaginer tentée de me conserver seulement pour m'abuser plus tard, dès que j'aurais baissé la garde. Devant ma défiance extrême, elle voulut savoir à quoi ressemblait mon monde.

Je lui répondis qu'il s'identifiait d'emblée au silence, silence de l'aquarium, de l'infini coma. L'aquarium exclut qui s'y trouve inclus. Visible, observé, admiré parfois, mais sans voix. Il peut toujours parler, les autres ignorent ce qu'il dit. Et quand les autres parlent, noyé dans l'aquarium, il ne les entend pas.

De concert, nous décidâmes d'interrompre l'écoute où même son oreille attentive n'entendait plus rien. Cette femme sut établir le diagnostic et ne pas me retenir. Me laissant repartir plus nu qu'au premier jour, elle me tendit cependant une plume. Avec un gros bloc de feuilles où elle avait écrit la phrase suivante : « Servez-vous-en. Ces feuilles sont autant d'oreilles qui vous écoutent sans vous juger. Servez-vous-en. Dans leur blanc, vous finirez par éclaircir votre livre noir. »

Réflexe oblige, ma première pensée fut d'effeuiller ce bloc et d'en faire des avions. Puis mon regard arrêté sur la plume comprit qu'elle seule m'aiderait à prendre mon envol. Et c'est ainsi qu'en calligraphiant la laideur, j'ai tracé des lignes de vie que je ne connaissais pas.

73

Comment sort-on du coma de l'aquarium ? Comment quitter cette eau mutique ? Quel sera le premier mot ? Et puis, question cruciale, tout sauf absurde : qui va-t-on sortir du coma ? Qui émergera de ces limbes ? Limbes de la pensée, limbes de l'enfance et de l'adolescence, limbes du sentiment. Comment se laver d'un péché originel que l'on n'a pas commis ? Qui est ce « on » ? Qui est cet enfant qui n'a pas fait de crise d'adolescence, qui n'en arbore pas les cicatrices ? Qui est cet adolescent qui n'est jamais devenu adulte à seule fin de ne jamais dominer un enfant ?

On finit par devenir plusieurs, à force de ne se sentir personne. Tous ces adultes que l'on a hébergés dans notre silence nous habitent et nous chassent de nous-mêmes. Ainsi, à ne jamais devenir, nous finissons dans tous ces adultes à la fois. Afin de plaire au plus grand nombre, ou de ne déplaire à personne, nous nous caméléonisons : nous changeons d'habits au gré de circonstances, de pensées, d'attitudes, et notre voix module selon notre interlocuteur. Comment espérer nous soigner, nous reconstituer si nous n'en finissons pas de nous re-prostituer ? Nous ne voyons notre salut qu'à enchaîner des passes en changeant seulement de pose à chaque nouveau regard.

Reste à choisir sa sortie : y en a-t-il une seulement ? Faut-il seulement choisir ? Faut-il continuer à ne pas choisir ? Quand on a voué sa vie à se nier, peut-on seulement s'entrevoir au kaléidoscope dont le jeu de miroirs angulaires émiettera notre reflet ?

Il faut le faire, ce choix. Naître, c'est cela. Je fixe alors ce miroir et j'observe chacune de ces grimaces qui furent mes masques. Perdu, j'en viens à regretter ce temps où il n'était point besoin d'exister. Où il suffisait d'obéir et de se taire. Où, dès lors qu'on se fondait dans la matière, plus rien n'importait, surtout pas nous. Mais l'aquarium va bientôt crever mon miroir. Ça je le sais. Question de secondes. Au mieux de minutes. Enfin, de quelques pages. Et là, il faudra prendre la parole. Pour la première fois.

74

Comment, si l'aquarium n'existe plus, respirer dans ce monde ? Car sortir de l'aquarium, c'est déposer la mort, c'est la laisser derrière moi. Mon testament est simple. Il tient en trois mots : je vais vivre. Je veux vivre. Je meurs de m'y mettre. L'enjeu : ne pas vivre à l'envers. L'histoire, à la différence du home, ne repasse pas les plats. Et je commence au mot fin.

Je vois et j'entends. Mieux : on me voit et on m'entend. Et l'on ne me veut pas de mal. Pire : on ne m'a peut-être jamais voulu de mal depuis ma sortie du home. Sauf qu'il m'était totalement inconcevable d'imaginer non pas qu'on me voulût du bien, mais qu'on ne me voulût pas de mal. D'où, contre moi, ces sabotages même quand tout allait bien. À peine voyais-je pointer l'aube d'une victoire que je devais y faire retomber ma nuit connue.

Ma vie, ainsi jonchée d'ouvrages quasi achevés, de fiancées quasi engagées, d'œuvres quasi dévoilées dont j'ai méthodiquement brisé l'essor, ma vie n'est qu'un champ de bataille recouvert de cadavres dont je fus le seul assassin.

Je suis une page noire couverte de hiéroglyphes à déchiffrer. Je suis un volume de lettres écrites par une autre que moi. Je suis un brouillon plein de ratures. Je suis une feuille d'examen sur laquelle fleurissent çà et là des ébauches naïves telles qu'on les gribouille malgré soi quand on ne connaît pas les réponses. Je suis un formulaire type égrenant docilement les mêmes données inutiles en attendant mon jour. Je suis un amoncellement de pense-bêtes pour me rappeler de faire tout ce que je veux fuir. Je suis un post-it qui ne colle plus.

Avoir été plongé dans un aquarium. Trop jeune. Beaucoup trop jeune. Interdit le chemin de mon mal, puisque je butais sans savoir sa vitre. Une vitre où rien n'accroche. À part les poissons à la bouche qui colle.

Ma marge de manœuvre est infime. Comme un enfant abandonné sur une plage, j'ai épuisé mon capital soleil. J'ai toujours vécu comme un soulagement le rêve récurrent d'être jeté dans un cachot. Être à l'ombre. Être seul. Protégé. Interdit d'accès. Et avoir le temps. Avoir enfin le temps de tâter les plaies toujours purulentes. Les dégâts en place. La somme de tous ces attouchements qui m'habitent. Le bras qui s'abat sur tout ce qui m'entoure, sur tous ceux qui m'entourent.

Je n'étais capable de maintenir vivants les liens qu'en les détruisant moi-même au risque de devenir fou. Si je tombe amoureux, je tombe. Je brûle seul comme une torche imbibée d'alcool. Un comble pour moi qui n'ai jamais bu. Je consume tout mon amour pour ne pas avoir à le consommer. Je l'idéalise, je le provoque, je l'accélère, je l'inquiète au plus haut degré. Bref, je fais tout ce qui est en mon pouvoir pour le rendre impossible. Je ne peux vivre qu'avec une femme que je n'aime pas. Donc je vis seul.

Ces stigmates cruels que je porte en mon faible intérieur, ces marques promises à dégénérescence que je suis le seul à connaître, je dois les déchiffrer si je veux quitter l'aquarium sans trop de casse : ces traces d'anciens accidents, cette vieille histoire qui m'appartient, dont il ne faut pas avoir honte. Peau d'âme, noire neige, le petit poussé, bref, tous ces contes défaits.

75

Pour me retrouver, il va falloir me chasser de moi-même. On parle chez les juifs de Tikkoun Olam pour réparer le monde. Les enfants victimes de violences hors de leur portée, c'est-à-dire dont les mélodies se sont envolées, n'entendent pas aussi loin. Ils souhaitent simplement que l'on puisse réparer la faute originelle, celle qui n'existe pas, celle dont ils ne savent rien, ou si peu, et qui pèse pourtant de tout son poids. Écrasante, insaisissable, omniprésente, ils pensent la résoudre, à condition de n'en plus faire une faute imaginaire.

Les bréviaires de spiritualité que l'on trouve dans les rayons librairie des supermarchés, entre l'alcool et les produits de ménage, recommandent d'écouter la petite voix qui s'exprime. Mais la petite voix est cassée, grippée, définitivement enrouée, encombrée par le gros animal qui n'est pas un chat. S'il leur arrive de lâcher : « J'ai un loup dans la gorge », les gens autour se mettent à rire. Certains font même la morale : à force de crier au loup pour rien, personne ne viendra au secours le jour où le loup passera vraiment ! Le problème, c'est que le loup est déjà passé. Le problème, c'est que le loup est toujours là. Le problème, c'est qu'il ne m'a jamais quitté. Le problème, c'est que depuis cette plongée dans la nuit, le loup s'interpose et absorbe le filet de voix qui hurle en moi.

Me sortir de l'aquarium. Trouver le forceps qui va me faire accoucher de mon premier cri. C'est ce qui se passe quand on vient à la vie. C'est ce qui devrait donc se passer quand on quitte la mort. Quand on inspire sa vie. Et pourtant, quand mes lèvres se décollent, l'appel d'air souffle invariablement sur le loup qui n'attend que ça. Ce fantôme poilu et qui pue m'interdit de montrer mes crocs. J'ai son haleine fétide. Or j'ai besoin de sourire au monde qui m'attend. Au monde qui écoute et qui tend l'oreille.

Quand je me retrouve au seuil de la bonté que je suis incapable d'accueillir, je réalise que réparer mon monde, ce n'est ni plus ni moins qu'apprendre à vivre. Savoir vivre n'a rien à voir avec le savoir-vivre. Savoir vivre, c'est suivre simplement l'inspiration du moment et cesser d'avoir peur de dire ce qui est. La rage du loup, depuis que les coussins de ses pattes se sont posés sur le mien, a été de faire en sorte que ce qui était ne fût jamais. Jamais dit. On peut étouffer quelqu'un avec un coussin comme on peut étouffer sa parole en reposant délicatement sa tête sur ce même coussin. Il suffit juste de lui murmurer des mots doux pour lui faire avaler des caresses et lui faire passer l'envie de parler. Avaler un loup, ça n'est rien d'autre qu'avaler son silence, dont l'ordre nous fait ravaler nos maux.

C'est comme ça que l'on additionne des sommes de contraires. Tous les contraires du monde s'épuisent en mon sein. Puis par dépit s'épousent. Ils font alors la noce et demeurent unis à jamais comme tant de couples autour de nous, improbables et indestructibles, car ils n'ont rien en commun que leur vie commune. Comment expliquer autrement ma claustrophobie, dont la graine a été plantée dans le placard du fils aîné, et à côté ce désir fou de la prison ? Comment expliquer les trois tours de clef que je donne tous les soirs à la porte de ma chambre ? Où que je sois.

Je suis sans fondations. Ils m'ont bâti sur du néant. Je suis un locataire du vide, insondable et sans nom, qui m'empêche de mettre le mien. Raison pour laquelle j'endosse à l'envi n'importe quelle identité. La mienne, je l'ignore. Dans les deux sens : je ne la sais ni ne la veux. Je joue mieux la vie des autres.

76

Mon véritable problème, c'est que je n'en ai pas. De vie. Ce qui fait que personne ne m'a vu. Les enfants, résistants dans l'âme, existent, eux. Ils sont reconnus, interrogés, aidés, évacués s'il le faut. J'ai essayé de pleurer à plusieurs reprises mais force est de constater que je suis insoluble dans l'eau sèche.

Je ne peux en vouloir à personne. Les excuses dont je me paie n'ont strictement rien à voir avec la vraie faute. Un vague examen clinique amène toujours la même conclusion : « C'est bénin. » Je rate de peu l'autopsie. Le problème de ces affections apparemment bénignes, c'est qu'elles sont extrêmement malignes : on les croit orphelines.

Le fait que l'on se trimballe d'énormes valises depuis tant d'années ne gêne personne puisque ce sont nos mères qui les ont faites. Qu'elles aient été défaites au home et détruites par l'ordre alphabétique, peu importe. Nos vêtements étaient cochés trois fois de suite, mais pas de case pour l'immonde cadeau que nous avions reçu. Il était incochable.

Comment coche-t-on la chaleur d'un adulte qui nous étouffe avant de nous noyer dans notre lit ? Comment coche-t-on nos membres gelés à jamais sous le plaid coupable dont nous borde ce même adulte ? Comment coche-t-on son « Bonne nuit les petits » qui continue à nous glacer le sang ? Comment coche-t-on qu'à six dans la même chambre nous nous sentions si seuls ? Comment coche-t-on la nuit qui cache le jour ?

77

Sommeil cassé. Démembré. Sommeil en loques. C'est la plus grande infirmité qu'on m'ait léguée. J'ai des rêves limités. Inaboutis. Reflets de ma non-vie. Des rêves en boucle. Qui ne se la bouclent jamais. C'est épuisant. Et ça m'empêche de dormir.

Mon frère et ma sœur dorment bien, eux. Sans doute ont-ils passé entre les gouttes. Car ils ne comprennent pas mon attachement viscéral au home. Ou alors ils n'ont ressenti la secousse que plus tard. Quelle que fût la secousse, le viol. Pour mon frère, ça s'est peut-être arrêté à la cheville. Peut-être Charlot l'a-t-il empêché ? Peut-être ne pouvait-il veiller que sur l'un de nous deux ? Je n'ai qu'une certitude : j'avais l'âge le plus reculé.

Tristesse de constater qu'il faut des dizaines d'années et toutes sortes de spéléologies pour commencer à comprendre, à mettre les mots sous les images. Écrits à l'encre sympathique, pour apparaître avec le temps. Elle m'a trop trempé dans l'encre antipathique, cette femme qui se tient là, ombre d'elle-même, dans l'embrasure de la porte, pendant que l'homme officie.

Quand cela s'est produit, à l'âge de deux ans ou moins, ou plus, on se bat toute sa vie avec des portes, qu'on ferme même à ses enfants. On brise des couples, le sien d'abord, parce que l'on n'est bien qu'à briser. Il fallait libérer. Par l'écriture, qui sort des doigts. Tant d'années incapable de s'écrire, ce livre a fini par se taper. Il fallait la violence des frappes. Il fallait que les dix doigts s'y missent. Chacun d'eux avait son mot à dire. Car il suffit que je les pose sur un clavier pour qu'ils se mettent à danser. Et avec mes yeux, qui ont tout vu il y a si longtemps, j'observe, et j'apprends de mes doigts l'origine de ma blessure. Ils tapent, et moi je respire. Ils tapent et je sens mieux mon poids d'enfant. Ils tapent et je saisis pourquoi j'ai arrêté, cassé, détruit. Ils tapent et je comprends pourquoi j'ai toujours interrompu les femmes qui m'aimaient.

Ils tapent le jour car il n'y a plus une seconde à perdre. Ils tapent librement car j'ai organisé ma vie pour ne plus rien avoir à faire d'autre que les laisser reconstituer, seuls, cette enfance. Sans les reprendre en main. Ils tapent la nuit aussi, ce qui demande plus de courage car, la nuit, le silence et la solitude écrasent. Et pourtant, c'est là qu'ils défont les nœuds les plus serrés et découvrent ma peine dans ma cage thoracique. Impitoyable est leur chorégraphie, car sans rature. Mes doigts sont le papillon léger qui semble butiner sans suite, l'une après l'autre, les lettres dont la lecture me livre ensuite le secret. Mes doigts battent précis, à la vitesse où bat l'œil gauche d'un scaphandrier borgne à moitié sorti de son carcan, pour raconter soudain ce qu'il a vu. L'œil droit était bloqué par l'oreiller. Ou par la main de l'homme.

Mon papillon est une femme. Sa trompe fine est allée au fin fond aspirer pour moi les gouttes des premiers mots. Seule sa providentielle délicatesse pouvait, au prix de cet exploit, me hisser hors de ce locked-in syndrome où j'avais été coincé dès l'aube de ma vie. Puisés par cette femme au flot des larmes non versées, mes mots naufragés, perlés, intacts, auront réhydraté ma douleur desséchée.

Je ne suis pas sûr du mot. Je ne suis jamais sûr de rien. Je n'étais donc pas sûr du mot résilience mais mon ami Robert Le Grand, celui qui fait aimer la langue, la nôtre, pas celle de l'homme, m'a confirmé l'intuition de mes doigts. *« Résilience, n. f. : "fait de rebondir", 1626 »* et sous les plumes de Cyrulnik et de ses vilains petits canards : « … *cette aptitude à tenir le coup…* » C'est moi le signe dont on croyait tordre le cou. Le sang a séché mais il bat encore.

Dans cette incapacité à devenir adulte ma vie durant, je vois cet enfant attendre sagement. Je vois ce tout petit garçon qu'on aura tant de fois changé de chambre mais qui se rappelle, comme s'il l'avait photographiée, la toute première, tout en haut du home, au fond, à droite, où il atterrit seul, à deux ans à peine, proie rêvée d'un ravisseur dont il allait rêver sans fin. Quand il s'agit d'un enfant, il s'impose de renommer le syndrome de Stockholm : syndrome de Söderhamn, syndrome d'Enänger, de Njutanger, d'Iggesund ou de Hudiksvall ou de Strömsbruk ou carrément de Örnsköldsvik ou même de Skellefteå, ou toute ville plus au nord, plus imprononçable, innommable, inexistante, comme ces plaies ouvertes dans l'enfance la plus tendre.

Un doute en suinte, qui profite toujours à l'accusé. Lequel accusé ne l'a jamais été. Duquel accusé je suis allé à l'enterrement, en pleurant, comme les Russes à celui du Petit Pervers des Peuples.

Il fait encore trop chaud à Stockholm. À s'y trouver trop longtemps plongé, une telle chute du mercure tétanise le geste et la parole. Aller chercher peut-être encore plus au nord du côté de Kiruna, à une lettre près Karuna, « compassion » en pali, la langue ancienne de l'Inde, la langue de la sagesse. Pas cette langue folle qui me susurrait d'être sage et se collait à ma coquille pour m'empêcher d'éclore.

Il faut pousser plus haut vers Gjesvær, même Ny-Ålesund, les confins du globe. Ou Iakoutsk : le record d'amplitude thermique, la ville la plus froide. Après ma glaciation, ma suffocation, dont l'extrême chaleur ne venait pourtant pas à bout de ma glace. Non. Juste étouffer. Pour étouffer. Toujours binaire. Brûlant ou glacé. Bon ou mauvais. Gentil ou méchant. Échec ou succès. Échec toujours.

78

Plus on va au nord, plus on va seul. Je n'ai pas fait un millimètre depuis l'enfance, et je suis pourtant tout au nord du nord, retranché dans ma petite vie méticuleusement organisée pour avoir toujours quelque chose à faire. Je me suis équipé dans ce froid pour ne pas m'assoupir. Je suis entouré de gadgets électroniques qui sonnent quand je pique du nez.

Enfant d'aujourd'hui et d'hier, je déborde d'activités en tout genre. Parent d'aujourd'hui, je garantis la performance de l'enfant toujours en moi afin qu'il ne s'ennuie pas. Prototype de l'enfant modèle, j'étudie. Je n'ai d'ailleurs jamais cessé. Ce serait devoir faire face. Je nage. Je pianote. Je surfe. Sur l'écran. Pour ne pas me mouiller. Je m'empresse de lire la presse. Pour être le premier au courant de tout ce qui ne risque pas de m'arriver. Je collectionne les langues. Même les vivantes, je les congèle. Moribondes. De toute façon, je ne m'en sers pas. Elles sont là pour mon CV. Un vrai bloc de glace. Infranchissable. D'ailleurs personne ne s'avise de le franchir. On voit au travers tout ce que j'ai accumulé. Il emprisonne la kyrielle d'activités dans lesquelles je suis passé maître. Cryogénisées, facultatives, il me suffit de les regarder. De toute façon, je suis dispensé. De sport, d'anniversaires, de vie.

Même la méditation, je m'y donne à outrance et j'en retire un certain prestige. Elle n'est qu'une chambre froide plus étanche encore. Mes activités, mes passivités, toutes poussées à bout ; autant de condamnations au silence. La méditation aide à les supporter toutes. La méditation, ce couvercle qui verrouille la marmite de l'enfance où tout n'a jamais cessé de bouillir.

Ce couvercle ferme ma seule pièce adulte. Je le crois invisible mais comme je suis bloqué enfant, tout le monde me regarde le haut. Ce couvercle, c'est ma fierté d'adulte qui me dit : « La ferme ! » ou « Ta gueule ! ». C'est selon. Et puis se clôt sur le trop connu, le sans appel : « Ou je ne suis plus ton ami. » Ce couvercle n'aura servi qu'à me réduire au silence. Rien n'est plus hermétique. Mes années de méditation sévères s'en sont assurées. J'en suis resté au premier degré de l'ascèse : fermer les yeux.

Rien ne filtre ; pas de soupape à mon enfance. Mais ça monte à l'intérieur. La masse de mes larmes accumule dangereusement sa vapeur. Je suis cette vieille cocotte-minutes, cette cocotte-mois, cocotte-années. Je suis ma bombonne de gaz, ma bombe artisanale. Je suis au bord de l'explosion. Mon apparent silence n'a jamais été aussi menacé. J'attends ma détonation.

Je suis une dictature en fin de course. Une force infiniment fragile. Bander mes muscles est un aveu de faiblesse. Ils seront bientôt froissés. Pour repousser cette échéance, je me torture. Comme je l'ai toujours fait. Je suis contraint de me martyriser sans arrêt. Sous peine de m'entendre. De toute façon, il ne s'agit que de moi ici. Le commun des mortels se fiche de mon mortel combat. Quoi qu'ils en disent, les gens libres prennent langue avec les dictatures : plus stables, plus paisibles, plus lisibles.

On s'est habitué à me voir dans mon bocal. On me sait infiniment gré de mon mutisme radical. On me voit remuer les lèvres, ça suffit. Je suis muet comme un film.

Parfois, on se souvient que je suis là. On tape du bout des doigts contre la vitre : « Qu'il est mignon ! » Et puis, on se fait brûler par un petit jet inattendu de vapeur ou tremper par une larme débordée : alors, on déverrouille un instant la sécurité, on soulève le couvercle, et on me rajoute un peu d'importance jusqu'à ce que mon bouillon retombe. On est soulagé quand on me voit replonger.

Je suis une dictature qui ne se supporte plus. L'enfant est enfin devenu insupportable. Mes bourgeons crèvent de toutes parts. Je suis une dictature qui ne va pas passer le printemps.

79

La vitre a volé en éclats. Le flot de larmes a fait céder l'aquarium. Il suffisait d'ouvrir les vannes. Il suffisait d'arrêter de faire barrage. Tout ce béton patiemment accumulé couche d'année après couche damnée. Béton friable à l'eau salée. Tout ce béton désarmé contre une émotion qui déborde. Il suffisait juste d'arrêter de faire barrage. Et le mien a cédé. Mes villages ont été engloutis. C'est une bonne chose. Ils grouillaient de ces engeances auxquelles j'accolais un surnom. Je n'ai plus besoin d'être plusieurs. Le rescapé reconnaît ses blessures. Ce seront des blessures-témoins.

Ce flot de larmes a surgi au moment où je l'attendais le moins. Dans le lit d'une ferme. Toute simple. Un accueil paysan. Dans le lit d'une femme. Toute simple. Un accueil apaisant. Une femme que je m'autorisais à aimer.

J'ai trempé le coussin qui n'est plus là pour m'étouffer ni me cacher mais qui m'accueille, lui aussi, qui me laisse me reposer. Cette hémorragie lacrymale, douce délivrance, a nettoyé mon regard de tous les verres déformant le monde. Mes yeux en ont verdi. Lavée la boue du home.

Et je suis là, enfin, échoué certes, mais à ma disposition. On me voit. Je gêne encore, mais pour les bonnes raisons. Masse indistincte sans aucun doute, informe certainement, mais masse tout de même. Je suis sûr que je pèse quelque chose, puisque je peine tellement à me relever.

Je dois tout démarrer à zéro. Me lever, faire les premiers pas, vivre les plaisirs simples. Tiens, plaisir. Toujours inconnu au bataillon. Sinon son abjection. Il doit bien en exister une version décente. Bonheur ? Trop connu. Je n'ai eu de cesse de le fuir. Souverain inaccessible. Je le détrônais dès qu'il pointait sa couronne. Un jour il est venu, tête nue, brave homme, innocent. Je lui ouvre, enfin.

Je vais arrêter le coupable : arrêter d'être coupable. De tout. Et surtout de tout ce que je n'ai pas fait. Car je n'ai rien fait. Rien que m'être fait voler mon innocence. Et c'est ce vol dont je me sens coupable depuis le temps des nuits, de l'aquarium, du coma, de la nuit en plein jour. Une nuit plein feux. Un tunnel éclairé sans fin pour empêcher la fin du tunnel, pour empêcher de dormir, empêcher de fuir.

On m'a privé d'enfance comme d'autres de dessert. Sauf que l'enfance, c'est l'entrée et le plat principal. À cause de l'homme d'enfants, je suis un homme enfant. Un enfant trop grand et un homme trop petit. Aucun pyjama ne me va. C'est peut-être pour ça que je ne dors pas bien.

J'ai avancé à reculons. Je me retourne enfin. Moi, l'affranchi de l'aquarium, l'hippocampe au bord d'éclore, j'ai bien l'intention, tel un poulain, de vivre chaque foulée d'une vie normale, s'il en est. Vite, mais chacune. Toutes celles que je n'ai pas vécues. Toutes celles que j'ai voulues dans l'eau. Toutes, question de survie. Et puis aussi parce que j'ai soif. Soif de galoper. Soif de m'élancer dans les champs devant moi. Alors je me lève, encore gluant, et je retombe aussitôt. Mais cette fois j'en souris, car cette chute atteste que je me suis levé. Pas qu'on m'a fait tomber.

Je suis enfin sur les starting-blocks. Sur mes startings, plus dans les blocks. Au coup de feu, je revis. Direction l'inconnu dont je n'ai rien à craindre, l'inconnu dont j'ai tout à attendre. Et aucun inconnu ne me fait plus peur. Mes bagages sont prêts. D'ailleurs je n'en ai plus.

Je ne fuis pas. J'avance, et en m'avançant je m'élève. J'arrive à la barre : j'ouvre la bouche et les yeux. Je passe le témoin. Un témoin qui a son mot à dire. Et j'ai déjà mon idée sur ce mot.

Je suis riche de ne pas avoir vécu. Mon enveloppe est ridée ? Peu m'importe. J'ai deux ans. Moins. Et c'est tant mieux.

Éditions Belfond
12, avenue d'Italie
75013 Paris

Canada :
Interforum Canada, Inc.
1055, bd René-Lévesque-Est
Bureau 1100
Montréal, Québec, H2L 4S5

ISBN : 978-2-7144-7386-8

FSC
www.fsc.org
MIXTE
Papier issu de
sources responsables
FSC® C003309

Composé par Nord Compo Multimédia
7, rue de Fives, 59650 Villeneuve-d'Ascq

Imprimé en France en décembre 2016
par JOUVE, 1, rue Docteur Sauvé, 53100 MAYENNE

Numéro d'impression : 2476747R
Dépôt légal : août 2016